L'enfant d'un prince du désert

SHARON KENDRICK

L'enfant d'un prince du désert

Traduction française de
LÉONIE GADES

AZUR

HARLEQUIN

Collection : Azur

Titre original :
THE SHEIKH'S ROYAL ANNOUNCEMENT

HARPERCOLLINS FRANCE
83-85, boulevard Vincent-Auriol, 75646 PARIS CEDEX 13
Service Lectrices — Tél. : 01 45 82 47 47 - www.harlequin.fr
ISBN 978-2-2804-5450-6 — ISSN 0993-4448

Composé et édité par HarperCollins France. Achevé d'imprimer en juin 2021.
par CPI Black Print - Barcelone - Espagne
Dépôt légal : juillet 2021.

FSC www.fsc.org MIXTE Papier issu de sources responsables FSC® C159065

Pour limiter l'empreinte environnementale de ses livres, HarperCollins France s'engage à n'utiliser que du papier fabriqué à partir de bois provenant de forêts gérées durablement et de manière responsable.

1.

Un danger la menaçait. Caitlin en eut le pressentiment sitôt les portes du luxueux salon franchies. Ce n'était pas la première fois que cela lui arrivait. C'était comme un signal d'alarme qui retentissait dans son cerveau. Une sensation étrange et indéfinissable d'être *observée.* Ces derniers temps, elle s'était retournée brusquement à plusieurs reprises, s'attendant à surprendre quelqu'un qui l'épiait. Mais elle n'avait jamais vu personne et s'était reproché sa nervosité.

À présent, pourtant, elle n'arrivait pas à chasser l'appréhension vague qui l'avait envahie. L'atmosphère des lieux n'avait pourtant rien de lugubre. Les hautes fenêtres à meneaux donnaient sur le jardin que baignait la douce lumière du soleil automnal. Et elle ne craignait pas les courants d'air, si fréquents dans ces vieux hôtels écossais, aussi luxueux soient-ils, car elle avait pris la précaution de mettre un pull et des collants de laine.

Suivant les instructions de l'agence artistique qui l'avait déjà présentée à plusieurs clients, elle était arrivée sur le coup de 11 heures. Le directeur de l'hôtel en personne l'avait conduite dans ce qui semblait être la suite la plus splendide de l'établissement. Elle attendait depuis dix minutes, et son anxiété ne faisait que croître. Qui allait-elle rencontrer ? Et à quoi ressemblerait ce « job de rêve » qu'on devait lui proposer ?

C'était peut-être trop beau pour être vrai, mais Caitlin devait s'en assurer. Elle était une mère célibataire, vivant sur une île écossaise perdue au milieu de nulle part. Elle avait vraiment besoin de travailler, et les offres étaient rares dans son domaine.

Elle contemplait d'un œil distrait un tableau représentant un cerf au milieu des bruyères pourpres lorsqu'elle entendit une porte s'ouvrir derrière elle. Plaquant un sourire poli sur son visage pour faire bonne impression sur son employeur potentiel, elle se tourna, mais son expression se figea quand elle découvrit l'homme qui venait d'entrer.

Kadir al-Marara.

C'était tellement impossible qu'elle pensa un instant être victime d'une hallucination.

Malheureusement, le doute n'était pas permis. Aucun mirage ne possédait l'aura de pure masculinité qui irradiait de l'homme qui se tenait devant elle comme si le monde lui appartenait.

Caitlin pâlit tandis qu'elle refaisait connaissance avec le visage masculin qui hantait ses rêves et sa conscience depuis cinq longues années. Si elle en avait douté, elle dut se rendre à l'évidence : il était encore plus troublant en vrai que dans ses rêves. Mais une question tournait en boucle dans son esprit, comme un spectre terrifiant.

Que faisait-il ici ?

Une fois remise du choc qui l'avait tétanisée, elle prit le temps d'étudier plus attentivement l'homme qu'elle avait cru ne jamais revoir. Cet homme qui ne ressemblait à aucun autre, avec sa beauté exotique et son charisme. Il avait le plus beau visage qu'elle ait jamais vu. Sa peau cuivrée faisait paraître ses yeux d'un noir profond encore plus brillants. Son nez aquilin et ses pommettes saillantes trahissaient sa royale ascendance.

Elle se demandait à présent comment elle ne s'était

doutée de rien quand elle l'avait rencontré pour la première fois. Comment avait-elle pu croire qu'il était un homme d'affaires, alors qu'il exsudait son pedigree royal par toutes les fibres de son corps sublime ?

Brusquement, une autre question, plus angoissante, vint balayer ses réflexions. Savait-il ? Savait-il qu'il avait un fils qui était son portrait craché ? Et s'il savait… qu'allait-il faire ?

Une peur viscérale la paralysa soudain à l'idée qu'il allait bouleverser une fois encore son existence. Le fait qu'il ait l'air tellement… *différent* de l'homme qu'elle avait brièvement connu ne la rassurait pas, au contraire. Aujourd'hui, ses cheveux noirs comme le jais étaient recouverts d'un *keffieh* blanc immaculé qui mettait en valeur son teint cuivré. Et il portait une longue tunique de soie qui flottait autour de son corps athlétique. Où était passé l'élégant costume italien ? La chemise de soie et la cravate cobalt qu'il avait ôtées avec fébrilité avant de les jeter négligemment par terre, à côté des sous-vêtements de Caitlin ?

Son costume occidental était un *déguisement*, songea-t-elle avec une pointe d'amertume. Un leurre pour qu'elle – et sans doute bien d'autres femmes – ne soupçonne pas sa véritable identité. Si elle avait su qui il était, serait-elle aussi facilement tombée dans ses bras… et dans son lit ? Elle ne connaîtrait jamais la réponse à cette question, mais l'honnêteté l'obligea à reconnaître que cela n'aurait rien changé. Leurs regards s'étaient accrochés, et l'attirance mutuelle avait été aussi immédiate qu'irrésistible. Et leur vie en avait été bouleversée pour toujours.

Il lui avait caché qu'il était un puissant roi du désert. Il y avait beaucoup de choses qu'il lui avait cachées. Des choses qui l'auraient horrifiée si elle en avait eu connaissance à l'époque. Elle ne les avait découvertes qu'après, quand elle avait tenté de le retrouver, et qu'elle avait compris quelle idiote elle avait été. Le souvenir de sa mortification lui permit de repousser la crainte et la culpabilité qui s'insinuaient en elle à la pensée qu'elle aurait pu agir différemment. Mais elle ne connaissait toujours pas la réponse à sa question. Savait-il ? Avait-il découvert la vérité ?

Elle pensa à Cameron, en sécurité à la maison avec Morag et, malgré son pull épais, elle frissonna. Elle devait absolument connaître les intentions de Kadir avant de songer à lui révéler l'existence de son fils. Mais à quoi bon se voiler la face ? Une fois que Kadir saurait qu'il avait un fils, plus rien ne serait comme avant.

— Kadir…

Le nom lui vint aux lèvres tel un souffle léger. Sa voix presque calme était très différente de la dernière fois où elle l'avait prononcé, dans le feu de la passion. Une vague de panique l'envahit. Elle essaya de prendre un ton posé, comme il convenait à une femme qui avait été terriblement trompée.

— Que diable viens-tu faire ici ?

Kadir ne répondit pas immédiatement. Après tout, la plupart des gens attendaient patiemment qu'il daigne leur répondre. Il était roi. Le roi le plus puissant du Moyen-Orient, selon certains. Il possédait des terres gorgées de richesses et des palais somptueux, une multitude de serviteurs et de conseillers fidèles, tous prêts à marcher sur les braises pour lui complaire. Il était unanimement respecté pour ses nombreux succès. Pour sa maîtrise des arcanes de la politique internationale et les victoires militaires qui lui avaient permis d'instaurer enfin une paix durable dans son royaume. Aux yeux du monde, il avait tout ce qu'un roi pouvait désirer.

Et pourtant…

Et pourtant cette femme lui avait caché l'existence du bien le plus précieux qu'un homme puisse posséder. La chair de sa chair, l'héritier de son vaste royaume. Elle l'avait privé de quatre précieuses années de la vie de son fils. Quatre années perdues qu'il ne rattraperait jamais.

Toutefois, il n'allait pas laisser exploser la rage dévastatrice qui le dévorait. Masquer ses émotions est le meilleur moyen de triompher des coups que la vie vous réserve. Pour lui, l'émotion était synonyme de faiblesse et désarmait l'homme au même titre que le désir sexuel. Elle pouvait le pousser à agir contre ses principes et le détourner du but qu'il s'était fixé. Or il ne pouvait pas se le permettre.

C'est pour cette raison qu'il refusait obstinément de se laisser émouvoir par la chevelure de Caitlin Fraser que la caresse du soleil d'automne faisait ressembler à une cascade de flammes. Ou par la peau diaphane de la jeune femme, et ses courbes féminines.

Il lui fallait oublier ce qu'il avait ressenti quand il s'était allongé à côté d'elle, puis sur elle, avant de se perdre en elle. Il s'était senti aussi fort qu'un lion – invincible.

En revanche, il ne renoncerait pas à lui tendre le piège où elle allait inévitablement tomber.

— Tu as l'air surprise de me voir, Caitlin, dit-il d'une voix imperturbable.

Son front parsemé de taches de rousseur se plissa légèrement.

— C'est un euphémisme. Bien sûr, que je suis surprise. Il y a cinq ans, tu as disparu sans un mot et tu réapparais aujourd'hui sans crier gare. Comment m'as-tu trouvée ?

— Ce n'était pas compliqué.

— Pour quelqu'un comme toi, tu veux dire ?

— Quelqu'un comme moi ? répéta-t-il en soutenant son regard.

— Un roi du désert ! Un cheikh ! Tu t'étais bien gardé de me le dire à l'époque !

Kadir ne fit aucun commentaire. Il continua de la dévisager avec la même curiosité impassible. Les accusations de Caitlin finiraient par se retourner contre elle, songea-t-il avec amertume.

— Je ne comprends pas pourquoi tu réapparais subitement. Et pourquoi ce traquenard ?

Il bouillonnait de colère contenue. Elle était vraiment douée pour feindre l'innocence. Ou toutes les femmes naissaient-elles avec le don de la duplicité ?

— Quel traquenard ? demanda-t-il.

— Je suis venue ici en pensant rencontrer un employeur potentiel.

— Quelqu'un dont tu ignorais l'identité ?

— Oui. Où est le problème ? demanda-t-elle, sur la défensive, comme si elle pressentait où il voulait en venir.

— Dis-moi, Caitlin, acceptes-tu souvent des rendez-vous avec des inconnus dans des chambres d'hôtel ? s'enquit-il d'un ton où perçait une pointe de mépris. À vrai dire, je ne sais pas pourquoi je te pose la question. Je suis bien placé pour savoir que ce n'est pas la première fois pour toi.

Elle rougit violemment à cette allusion à leur rencontre, et à la rapidité avec laquelle elle avait fini dans son lit. Puis elle se ressaisit.

— Je pourrais te retourner la remarque. Mais en l'occurrence il s'agissait d'un rendez-vous professionnel organisé par une agence. Je ne peux pas me permettre de refuser une opportunité parce qu'un futur employeur me donne rendez-vous dans un hôtel. J'ai besoin de travailler. Je conçois que ce soit une situation que tu ne connais pas, et que peut-être tu ne comprends pas, mais je t'assure que ce n'est pas un crime.

Kadir sut qu'il ne supporterait pas une seconde de plus cet échange stérile de piques. Il n'avait plus envie de découvrir combien de temps encore elle lui cacherait la vérité, ou si elle avait l'intention de la lui révéler un jour.

— Non, effectivement. D'ailleurs, ce n'est pas ce que je te reproche. Ton véritable crime est bien plus grave, Caitlin. Tu es tombée enceinte de moi et tu n'as pas pris la peine de m'en informer. Tu as donné naissance à mon fils il y a quatre ans, sans que je n'en sache rien, et j'ai manqué tous les moments précieux de son existence depuis ce jour.

Le cœur de Caitlin battait si fort qu'il lui faisait mal. Ainsi donc, Kadir savait ! Elle s'en voulut d'en avoir douté. Pourquoi s'imaginait-elle qu'il était venu ? Pas pour la revoir, en tout cas. Il n'avait sans doute pas pensé à elle depuis la nuit où il l'avait séduite par son charme irrésistible, avant de quitter la chambre au petit matin, sans même lui dire au revoir. Elle s'était réveillée, la tête encore pleine de rêves et un peu amoureuse de son sublime amant ; or l'homme à qui elle s'était donnée avec passion avait disparu, ne laissant derrière lui que le désordre éloquent des draps froissés. Ce n'est que plus tard, quand elle avait voulu le retrouver pour l'informer qu'elle portait son enfant, qu'elle avait découvert pourquoi il s'était éclipsé subrepticement.

Ces souvenirs ravivèrent sa colère et chassèrent son sentiment d'être prise en faute.

Elle n'avait rien à se reprocher, c'est Kadir qui l'avait trahie. Certes, elle s'en voulait d'avoir laissé l'histoire se répéter. Comment avait-elle pu se montrer aussi stupide ? Mais elle connaissait les conséquences au goût amer que ce genre de situation pouvait avoir pour une femme et son enfant, et elle était bien décidée à ne pas laisser ce cheikh arrogant débarquer dans sa vie et lui dicter sa conduite. Qu'importe cette expression accusatrice qui durcissait ses traits sublimes, elle n'avait que faire de son approbation. Elle devait se montrer forte. Pour Cameron comme pour elle-même.

Toutefois, à sa colère se mêlait une peur panique qui menaçait de l'affaiblir. Qu'allait faire Kadir maintenant qu'il avait découvert l'existence de son fils ? Qu'était-il *capable* de faire ? Lui ferait-il payer cher le fait qu'elle ait gardé son secret si longtemps ? Car tous ignoraient que le cheikh du Xulhabi était le père de son fils.

— J'ai essayé de te retrouver, Kadir. Dès que j'ai su que je portais ton enfant. C'est vrai, j'ai eu un choc en découvrant ta véritable identité, mais j'ai tout de même essayé de te joindre. Et crois-moi, ce n'est pas facile pour une roturière inconnue d'entrer en contact avec le puissant monarque d'un pays étranger. Le chemin est jonché d'obstacles insurmontables.

— Mais le fait est que tu n'es pas entrée en contact avec moi, Caitlin. Tu aurais pu laisser un message à l'ambassade ; or aucun message ne m'est parvenu.

— Non, car au cours de ma quête j'ai découvert un autre élément que tu avais oublié de mentionner.

Elle avait éprouvé un tel désespoir, à l'époque !

— Tu n'avais pas le droit de coucher avec moi ce soir-là, reprit-elle. Oh ! je ne parle pas simplement du fait que tu aies prétendu être un simple mortel alors qu'en réalité tu étais un cheikh. Peut-être que ce petit jeu de rôle t'excitait. Ça te plaît de tromper les femmes sur ton identité ?

— C'est toi qui me parles de tromperie ? dit-il d'une voix où grondait l'indignation.

— Non, je te parle de bien plus grave encore.

L'inquiétude quant à son sort et à celui de son fils lui

nouait la gorge, mais la conversation réveillait aussi des souvenirs douloureux sur lesquels elle évitait généralement de se pencher. La trahison de Kadir avait une signification particulière pour elle, car elle faisait écho avec son passé. Aux regrets s'était mêlé le sentiment de s'être fait berner comme une idiote. L'exemple de sa mère ne lui avait donc rien appris ! Caitlin n'était finalement pas si différente de cette femme à laquelle elle avait tout fait pour ne pas ressembler…

Ce fut son tour de lancer une accusation.

— Tu n'aurais jamais dû coucher avec moi ce soir-là. Parce que tu étais marié.

À présent, la honte, la colère et la culpabilité faisaient trembler sa voix.

— Tu avais une femme dans ton palais au Xulhabi, mais tu n'en as pas dit un mot durant la nuit que tu as passée avec moi, Kadir al-Marara. Dis-moi, combien de fois as-tu trahi tes vœux de mariage ?

2.

Kadir soutint le regard de Caitlin sans broncher. Les accusations amères de la jeune femme ne le touchaient pas. Au contraire, elles dissipèrent le peu de remords qu'il aurait pu avoir. Espérait-elle lui faire porter l'entière responsabilité de ce qui s'était passé, et ainsi lui faire oublier qu'elle lui avait caché l'existence de son fils ? Ne pouvait-elle pas admettre qu'ils avaient l'un comme l'autre été emportés par une passion irrésistible ? Kadir avait vainement tenté de résister à l'alchimie puissante qui s'était manifestée entre eux au premier regard. Mais Caitlin n'avait pas mieux réussi que lui.

Et maintenant, elle osait jouer la carte de la culpabilité et lui donner le rôle du méchant ! Le séducteur cynique. Le cheikh arrogant et cruel. Quel cliché ! Elle n'était d'ailleurs pas la première à le renvoyer à ce stéréotype qui l'horripilait. « Combien de fois ? » lui avait-elle demandé… La réponse était : une seule fois. Avec elle. Mais il ne lui ferait pas le plaisir de le lui avouer. Elle risquerait de s'imaginer qu'elle avait été spéciale pour lui.

— Dois-je te rappeler que tu m'as supplié de faire l'amour avec toi ? *Supplié*, insista-t-il sans pitié.

La rougeur qui l'empourpra était un aveu en soi. Emporté par la colère, il se délecta de son embarras.

— Veux-tu que je te répète les mots que tu as employés, Caitlin ?

— Non ! Je n'ai aucune envie que tu me rappelles ce qui s'est passé cette nuit-là.

Il la toisa de sa haute stature.

— Et si, moi, j'avais envie d'en revivre chaque minute ?

À présent, le sang semblait avoir quitté le visage de Caitlin. Elle baissa la tête et contempla ses doigts noués. Quand elle se redressa pour le regarder, pendant l'espace d'un instant, Kadir se perdit dans l'azur de ses grands yeux. Comment avait-il pu oublier leur beauté ? Elle avait cette façon de l'observer comme si elle lisait au plus profond de son âme tourmentée afin de l'apaiser. Grâce à Caitlin, il s'était senti merveilleusement bien, mais la brève parenthèse enchantée qu'il avait vécue avec elle était incompatible avec sa vie et son monde. C'était le cas cinq ans auparavant, et c'était encore le cas aujourd'hui.

— Pourquoi es-tu venu ? demanda-t-elle finalement.

Sa question directe le prit au dépourvu, car il n'avait pas vraiment réfléchi à ses propres motivations. Que voulait-il exactement ? Abolir le temps, peut-être ? Revenir en arrière, au moment où il visitait le parc de la propriété écossaise qu'il envisageait d'acquérir ? Et cette fois-ci, rester indifférent à la chevelure flamboyante de Caitlin, à la courbe de ses hanches, à l'expression de ses yeux qui s'étaient assombris au moment où ils croisaient les siens. Si leur rencontre n'avait pas eu lieu, alors tous deux n'auraient pas vécu cette folle passion qui l'avait bouleversé. Or il ne pouvait regretter leur histoire car elle avait eu pour conséquence la naissance de leur enfant.

— Je veux le voir. Je veux voir mon fils.

Elle tressaillit, telle une biche surprise par un chasseur. Il ne lui demandait pourtant pas l'impossible ! Puis progressivement, la vie sembla de nouveau animer sa silhouette gracieuse.

— Oui, bien sûr, c'est normal, dit Caitlin comme si elle s'éveillait d'un mauvais rêve.

Elle se pencha vers un grand sac en cuir vert bouteille posé sur une chaise. Les mains tremblantes, elle en sortit un portefeuille qui avait connu des jours meilleurs, d'où elle tira une photo d'identité.

— Tiens, tu peux la garder.

Il ne prit pas la photo qu'elle lui tendait.

— Tu penses que je vais me contenter d'une photo ? répliqua-t-il d'un ton cinglant.

— Pour l'instant, tu devras t'en contenter.

La curiosité eut raison de sa fureur, et il lui arracha la photo des mains, en prenant garde, toutefois, de ne pas toucher Caitlin. En fait, il se méfiait de sa propre réaction s'il effleurait la peau de la jeune femme.

Ensuite, il se ressaisit pour ne pas flancher alors qu'il allait pour la première fois poser les yeux sur son fils. L'assistant qui avait découvert l'existence de l'enfant lui avait proposé de lui procurer des preuves visuelles, mais Kadir avait refusé. Il avait horreur des paparazzis et il ne voulait pas s'abaisser à utiliser les mêmes méthodes indignes qu'eux. Kadir connaissait l'âge du garçon, et son émissaire lui avait décrit son apparence. Pour lui, le doute n'était pas permis, et il faisait davantage confiance à son instinct qu'à quelques clichés volés au téléobjectif par un photographe embusqué derrière un arbre.

Néanmoins, rien ne l'avait préparé aux sentiments qui le submergèrent lorsqu'il découvrit une paire d'yeux aussi noirs que les siens. Afin que Caitlin ne soit pas témoin de son trouble et aussi pour étudier le portrait à la lumière du jour, il alla devant la fenêtre. Le petit garçon posait sagement pour le photographe, mais quelques mèches de cheveux noirs retombaient en désordre sur son front, comme si on n'était pas parvenu à les discipliner. Kadir vit qu'un petit morceau d'une des dents de devant de l'enfant manquait. Son cœur se serra. Était-il tombé ? S'était-il fait mal ? Pourquoi personne ne l'avait protégé ?

Il leva les yeux de la photo. Caitlin l'observait. À l'expression incertaine de ses magnifiques yeux bleus, il devina qu'elle espérait une réaction rassurante de sa part. Eh bien, elle pouvait toujours espérer ! songea-t-il avec une rage vengeresse.

— Je veux le voir en vrai, dit-il d'une voix sèche. Dès que possible.

Bien qu'elle s'attendît à cette demande, Caitlin sentit son cœur se serrer douloureusement. Quand elle comprit que, parmi les émotions complexes qui l'assaillaient, c'était la *jalousie* qui dominait, son désarroi fut complet. Une jalousie puissante et inexplicable.

— Et ta femme ? ne put-elle s'empêcher de demander en rougissant. Voudra-t-elle le voir aussi ?

Le visage de Kadir s'assombrit.

— Ma femme est morte, répondit-il d'une voix morne.

— Je suis désolée, balbutia-t-elle, prise au dépourvu.

— Je n'en crois rien.

— C'est pourtant sincère. Je suis désolée pour toute personne qui perd un être cher. Ce qui n'empêche pas que je sois aussi désolée d'avoir couché avec toi, sans savoir que tu étais marié !

— C'est de l'histoire ancienne, Caitlin, et seul le présent m'intéresse. Je ne partirai pas d'ici avant que nous ayons convenu de la date à laquelle je rencontrerai mon garçon.

— Cameron. Il s'appelle Cameron.

— *Cameron.*

Étrangement, la voix aux intonations chaudes de Kadir

donnait une connotation exotique et distinguée au prénom traditionnel écossais.

Mais elle ne devait pas se laisser aveugler par la fascination qu'il exerçait toujours sur elle. Car il ne ressemblait plus à l'homme auquel elle s'était donnée. En revêtant la tenue traditionnelle des hommes de son pays, il semblait s'être endurci, barricadé derrière une attitude distante et dédaigneuse. L'autorité irradiait de chaque pore de son corps musclé, et son instinct soufflait à Caitlin qu'il prendrait totalement le contrôle de la situation, si elle lui en laissait l'occasion. Elle devait lui faire comprendre que c'était elle qui dicterait ses conditions. Lui montrer qu'elle ne se laisserait pas impressionner par ses airs supérieurs. Après tout, elle n'était pas l'un de ses sujets. Elle était une femme libre, indépendante, et puis ils étaient chez elle, et non pas au Xulhabi.

— Bien sûr que vous devez vous rencontrer, admit-elle. Mais je veux que ce soit en terrain neutre.

Cherchait-elle inconsciemment à lui cacher le petit cottage où elle vivait ? Possible : à côté des palais qu'il possédait, sa petite ferme allait lui paraître minuscule. À moins qu'elle ne craigne que, par sa simple présence, Kadir imprime sa marque dans son humble demeure ? Une fois qu'il repartirait – car il repartirait inévitablement –, son quotidien ne lui paraîtrait-il pas soudain vide et misérable ?

— La rencontre pourrait avoir lieu ici, à Édimbourg, proposa-t-elle.

— J'ai peur que ce ne soit pas possible. Je dois être à Londres cette semaine. Vous pouvez me rejoindre là-bas.

— Londres ! s'exclama-t-elle.

— À t'entendre, on dirait que je te donne rendez-vous sur la planète Mars. C'est à une heure d'avion à peine, j'y ai des affaires à traiter et je ne reste pas longtemps au Royaume-Uni.

— Vraiment ?

Son compagnon avait-il perçu la note d'espoir dans sa question ? Quoi qu'il en soit, il ne s'en formalisa pas.

— Vraiment. Amène Cameron à Londres. Il connaît la ville ?

— Non.

En fait, Cameron n'avait jamais quitté l'Écosse. Pas uniquement parce qu'elle n'avait pas les moyens de voyager. C'était un choix. Elle avait voulu le protéger du monde et des dangers de la vie. Et à quoi bon le nier ? N'avait-elle pas secrètement espéré qu'en le cachant un scénario comme celui qui se profilait aujourd'hui n'arriverait jamais ?

— Dans ce cas, nous nous retrouverons là-bas. Je suis sûr que ce sera un voyage passionnant pour un petit garçon. Il ne manquera pas de distractions.

Il lui dédia un sourire froid, avant d'ajouter :

— Mon avion viendra vous chercher.

Il avait son propre avion ? À vrai dire, ce n'était pas surprenant. Le monarque d'un des États les plus riches de la planète ne pouvait pas faire la queue au comptoir d'enregistrement avec les gens ordinaires. Elle s'humecta les lèvres qui s'étaient soudain asséchées à la pensée de pénétrer dans le monde des très riches et très puissants.

— C'est gentil de ta part, mais je suis parfaitement capable de me rendre à Londres par mes propres moyens.

Il vrilla un regard dédaigneux sur le pull tricoté main, puis descendit brièvement sur la jupe en tweed qui s'arrêtait à mi-genoux. Ses lèvres s'incurvèrent imperceptiblement quand il vit ses collants gris en laine.

— Mais apparemment pas avec style.

Sa remarque désobligeante l'irrita. Ses vêtements plus pratiques qu'élégants n'avaient pas gêné Kadir la dernière fois ! En fait, il avait été plus impatient de les ôter que de faire des commentaires à leur sujet. Mais elle jugea plus prudent de répondre à sa muflerie par l'indifférence. Elle devait garder son énergie pour la bataille émotionnelle qui s'annonçait… Et puis, si elle commençait à se remémorer ce qu'elle avait ressenti, lovée dans les bras puissants de Kadir, alors qu'il parsemait son visage et ses lèvres de baisers sensuels…

— Je pensais me rendre à un entretien afin de décrocher un job de photographe, rétorqua-t-elle. C'est ma tenue de travail pour prendre des photos dans un climat souvent rude. Au sujet de ce voyage à Londres, j'aimerais amener Morag, si j'arrive à la convaincre de faire le déplacement.

— Qui est Morag ?

— C'est une ancienne infirmière qui me connaît depuis que je suis enfant. Elle est à la retraite maintenant et garde Cameron quand je travaille.

— Et ça arrive souvent ?

Le reproche implicite était injuste et la note possessive dans la voix masculine, inquiétante. Mais Caitlin mit cette réaction sur le compte de la colère. Prenant une profonde inspiration, elle soutint le regard hostile de son compagnon.

— Je confie Cameron à Morag uniquement lorsque c'est nécessaire, dit-elle d'une voix posée. Je choisis avec beaucoup de soin mes contrats, car j'essaie d'établir ma réputation. Je travaille beaucoup pour une agence spécialisée : c'est par elle que tu as réussi à m'attirer ici, en me faisant miroiter un job qui sans doute n'existe pas… Ou as-tu un travail à me proposer, Kadir ?

Elle appuya sa question d'un petit rire amer.

Il se contenta de secouer la tête. Mais tandis que leurs regards s'accrochaient, elle vit une flamme briller dans la profondeur des pupilles noires du cheikh. Avait-elle imaginé l'imperceptible soupir qui s'échappa des lèvres masculines et qui attira irrésistiblement son regard vers sa bouche ? Bien malgré elle, les souvenirs affluaient, ceux des baisers qu'ils avaient échangés.

Kadir repensait-il, lui aussi, aux circonstances dans lesquelles tous deux s'étaient rencontrés ? Ce jour-là, Caitlin essayait de prendre un cliché d'un aigle royal, et il lui avait avoué plus tard qu'il n'avait jamais été aussi fasciné par la nuque d'une femme. Ou ses fesses. Le séduisant Oriental était venu en Écosse avec l'intention d'acheter la vaste propriété qu'elle photographiait. Finalement, la vente ne s'était pas concrétisée. Aurait-il acquis la propriété s'il ne l'avait pas rencontrée ? Son infidélité lui pesait-elle sur la conscience, et l'avait-elle fait changer d'avis ? Caitlin s'était souvent posé la question. Il n'avait certainement pas eu envie de tomber sur elle au détour d'un chemin... À moins qu'elle s'imagine – dans un accès de mégalomanie – qu'elle ait été son unique aventure extra-conjugale...

D'un claquement de doigts, Kadir l'arracha à ses pensées. Ce geste impatient en disait long sur l'homme qui se tenait en face d'elle. De toute évidence, il avait l'habitude que tous se plient à sa volonté. Comment avait-elle pu croire qu'il était un simple homme d'affaires, semblable au commun des mortels ?

— Effectivement, je n'ai pas de travail à te proposer, dit-il. Prépare Cameron pour un départ demain matin. Un de mes assistants viendra vous chercher sur l'île afin de vous conduire à Édimbourg.

Il s'interrompit quelques instants, puis ajouta :

— Que vas-tu lui dire, Caitlin ? Comment vas-tu expliquer qui je suis à mon fils ?

— Je n'ai encore rien décidé. Je dois y réfléchir.

— Sait-il qui est son père ?

— Non. Il n'a jamais demandé.

— En es-tu sûre ?

— Oui ! Je te le promets.

Il l'étudia attentivement.

— Prends suffisamment d'affaires pour passer quelques nuits.

— Est-ce vraiment nécessaire ?

Le rire grave de Kadir était sarcastique.

— Bon sang, Caitlin ! Tu penses que je pourrais me contenter de quelques heures pour ma première entrevue avec l'enfant dont je viens seulement de découvrir l'existence ?

À vrai dire, elle n'y avait pas pensé du tout. Tout était arrivé si vite qu'elle avait l'impression d'avoir sauté dans un train en marche. Et sa peur ne faisait que croître.

Elle avait peur du pouvoir de Kadir et de sa capacité à saccager sa vie. Mais elle avait tout autant peur de l'effet qu'il avait sur elle. Pourquoi, après tout ce temps, réagissait-elle encore aussi violemment à sa présence virile ? C'était incompréhensible. Lorsqu'il la regardait, il lui semblait que tout son corps vibrait d'une vie nouvelle. C'était comme si ses sens étaient restés endormis pendant tout le temps qu'avait duré leur séparation. Tels ces bulbes enfouis sous le sol gelé durant l'hiver, qui viennent à éclore dès les premiers rayons de soleil printanier.

À la façon dont il la toisait, le cheikh la revendiquait : elle était sienne. Or, au lieu de s'offusquer de son arrogance, elle se délectait de la douce chaleur qui se diffusait en elle, sur sa peau et au creux de ses cuisses. Elle avait toujours eu un point de vue d'artiste sur le monde qui l'entourait. Elle percevait les ombres et les lumières ainsi que les variations de couleur. Mais à cet instant, elle avait la sensation de voir Kadir al-Marara pour la première fois.

Elle ignorait tout de lui.

Une barbe naissante ombrait légèrement sa mâchoire, et elle se demanda s'il se rasait souvent. Que buvait-il au petit déjeuner ? Comment passait-il ses journées ? Elle ne savait rien sur ses parents, et si peu sur sa défunte femme.

Sa *femme*, se répéta-t-elle avec une pointe d'amertume. La femme avec qui il était marié quand il l'avait déshabillée. Quand il avait ri en découvrant, une main glissée entre ses cuisses, la moiteur de son intimité. Ce souvenir l'emplit de honte, d'autant qu'il avait encore le pouvoir de l'exciter.

Ne pouvait-elle pas admettre que cet homme lui était étranger, même si elle avait porté son enfant ? Il ne la connaissait pas non plus. Pour lui, elle n'était qu'une amante d'une nuit, rencontrée dans une petite ville écossaise. Une femme qui s'était offerte à lui avant de murmurer son plaisir contre ses lèvres.

Caitlin tenta de se ressaisir. Si elle laissait libre cours à ses souvenirs, elle courait à la catastrophe. Seigneur ! Elle aurait voulu n'avoir jamais accepté ce rendez-vous professionnel, et que tout cela ne soit qu'un mauvais rêve.

Mais ce serait injuste pour Cameron, elle devait le reconnaître. Après tout, elle ne pourrait pas lui cacher la vérité éternellement. Et puis, elle-même avait grandi sans père et savait le vide que cette absence avait laissé dans sa vie.

Sans doute ses appréhensions se lisaient-elles sur son visage, car Kadir la foudroya d'un regard glacial.

— Il y a un autre sujet que nous devons aborder, Caitlin, ajouta-t-il d'une voix bien trop suave. J'espère que tu n'envisages pas de disparaître dans la nature… Non seulement tu perdrais ton temps, mais cela me mettrait en colère, ce qui n'est jamais une bonne idée. De plus… où que tu ailles avec mon fils, sois certaine que je te retrouverai.

Bien que murmurée d'une voix douce comme le velours, la menace était réelle.

3.

Le cœur battant à tout rompre, Caitlin courut pour attraper le ferry qui la ramènerait sur son île. D'habitude, lors de ses rares escapades en ville, elle s'accordait quelques menus plaisirs qui la changeaient de sa vie très simple à Cromarty. Elle admirait les vitrines des boutiques, puis elle s'offrait un chocolat chaud avec de la crème fouettée et des chamallows. Mais aujourd'hui, elle était trop préoccupée par le retour inopiné de Kadir dans son existence pour songer à se détendre. Elle voulait rentrer au plus tôt chez elle.

Elle passa la traversée sur le pont du ferry, dans l'espoir que l'air vivifiant lui éclaircirait les idées et calmerait son inquiétude. Mais même la vision familière des falaises de Cromarty ne parvint pas à lui rendre sa sérénité. Elle était née sur cette île. Elle y avait grandi en voyant sa mère s'accrocher à ses illusions, malgré les assauts répétés de la réalité qui ne parvenaient jamais à la faire renoncer à ses rêves absurdes. Au fur et à mesure que sa mère dépérissait, Caitlin, son enfant unique, s'était endurcie et elle avait refusé, avec une bravoure pleine de fierté, de montrer sa propre souffrance, même quand cette souffrance était devenue insupportable. Et bien qu'elle ait été heureuse de pouvoir s'échapper vers la grande ville, une fois la lutte terminée, c'est à Cromarty qu'elle était tout naturellement revenue, une fois qu'elle s'était découvert enceinte et seule au monde. L'île lui était apparue comme un havre de sécurité, avec ses hautes falaises et ses plages magnifiques sur lesquelles venaient s'échouer les vagues puissantes de l'Atlantique.

Mais aujourd'hui, elle ne s'y sentait plus à l'abri.

Elle secoua la tête dans une tentative dérisoire de chasser l'image du cheikh à la beauté ténébreuse de son esprit. Mais il ne se laissa pas déloger.

Comme elle descendait du bateau, un vent glacial l'accueillit et elle pressa le pas pour gagner son petit cottage. Parfois Morag emmenait Cameron au débarcadère pour attendre le bac, mais aujourd'hui ils ne l'attendaient pas si tôt. Seigneur ! Qu'allait-elle leur dire ? Comment annoncer à la raisonnable Morag que le père de son fils était un cheikh avec qui elle avait eu une aventure d'une nuit ? Plus important encore : comment allait-elle annoncer la nouvelle à Cameron ? Elle ne lui avait jamais menti. Elle avait toujours répondu à toutes les questions du petit garçon, mais il n'y en avait pas beaucoup. Il était trop occupé à taper dans un ballon ou à se baigner dans l'eau glacée pour s'intéresser à ses ancêtres. Les enfants dans ce coin perdu n'avaient pas de tablettes ou de téléphones portables. Caitlin ne possédait même pas un téléviseur !

Cromarty avait son propre code de loyauté. Aussi, quand Caitlin Fraser était revenue au bercail, avec son ventre rond, personne ne lui avait demandé où était le père. D'une certaine manière, la vie ici semblait hors du temps. Cameron n'était pas encore entré à l'école, qui se trouvait sur le continent, et il avait grandi dans une merveilleuse insouciance. Bien sûr, elle se doutait que les gens se demandaient parfois pourquoi la pâle et rousse Caitlin Fraser avait un fils aux cheveux noirs comme la nuit et à la peau cuivrée. Mais ils ne lui avaient jamais posé de question.

Mais maintenant ? se demanda-t-elle en levant les yeux au ciel, où des nuages gris s'amoncelaient, lourds de menace.

Maintenant, le monde extérieur allait s'imposer brutalement dans leur vie bien tranquille comme un orage éclatant au milieu d'une nuit calme. Son fils allait bientôt apprendre que son père était un puissant monarque du désert et que demain ils s'envoleraient pour Londres, où il ferait sa connaissance.

La culpabilité l'avait régulièrement assaillie, au fil des ans, chaque fois qu'elle pensait à l'absence de père dans la vie de Cameron. Ce sentiment était vite balayé lorsqu'elle se rappelait que Kadir était marié. Mais la femme de Kadir était morte. Caitlin ne pouvait plus invoquer la morale pour empêcher Cameron de rencontrer son père. Elle devait surmonter sa propre souffrance d'avoir été trompée…

Elle frissonna en apercevant sa maisonnette. Soudain, ce n'était plus son cottage qu'elle voyait. Les souvenirs affluaient, et elle se retrouva projetée sur une lande dénuée d'arbres, avec des montagnes au loin. Au milieu de ce paysage sauvage, une femme rêvait d'une carrière de photographe, ignorant encore que sa vie était sur le point de basculer.

Appuyée contre une barrière pour empêcher sa main de trembler, Caitlin se préparait à immortaliser le vol majestueux d'un aigle qui tournoyait au-dessus d'elle. Son cadrage était parfait quand une voix veloutée s'éleva derrière elle. Aussitôt, l'aigle sortit du champ. Contrariée, Caitlin se retourna pour blâmer l'intrus, mais les mots moururent sur ses lèvres.

Quelle femme n'aurait pas été sans voix en se retrouvant face à un tel homme ? Avec sa haute silhouette, ses cheveux sombres et sa peau aux reflets dorés, il se détachait dans le paysage écossais comme un roc inébranlable. Une lueur intense faisait étinceler ses prunelles noires. Une sorte d'égarement, peut-être.

Il l'étudia un long moment, en silence, d'une façon qui aurait pu être qualifiée de grossière, mais qui ne la choqua pas. En fait, Caitlin avait attendu toute sa vie qu'un homme la regarde ainsi.

— Je vous ai dérangée, remarqua-t-il.

— Oui, vous avez effrayé l'aigle.

— Il reviendra.

La voix masculine, pleine d'assurance et dotée d'un léger accent aux intonations harmonieuses, fascina Caitlin.

— Vous connaissez les aigles ? demanda-t-elle avec curiosité.

Il haussa les épaules, attirant l'attention de Caitlin sur sa carrure athlétique. Elle devinait le jeu des muscles sous la veste parfaitement ajustée de son costume, et soudain peu lui importait qu'il soit un ornithologue distingué, ou qu'il lui ait fait manquer son parfait cliché.

— Je connais surtout les faucons, car nous en élevons dans mon pays, et tous les oiseaux de proie se ressemblent.

— De quel pays venez-vous ?

— Du Xulhabi.

— Je n'en ai jamais entendu parler.

Il sourit de nouveau, mais cette fois son regard s'assombrit.

— Peu de gens en ont entendu parler.

Leurs premiers échanges furent tout sauf conventionnels. Mais ce qui suivit fut plus classique, bien qu'une telle aventure ne soit jamais arrivée à Caitlin auparavant. L'atmosphère entre eux était électrique. La situation dérapa.

Bientôt, Caitlin n'eut plus qu'une envie : sentir les mains de l'inconnu sur elle. Elle voulait qu'il l'embrasse.

Éprouver un désir aussi puissant à l'égard d'un parfait inconnu était incroyable, et pourtant Caitlin était incapable de quitter cet homme.

Ils discutèrent longtemps, de tout et de rien. Et lorsqu'elle finit par jeter un œil sur sa montre, elle découvrit qu'il était temps pour elle de partir. Elle n'en avait pas envie, lui non plus.

Parce qu'elle rentrait en voiture à Édimbourg, il lui proposa de la retrouver à mi-chemin, pour dîner. Il y avait cet endroit dont il avait entendu le plus grand bien...

Elle aussi en avait entendu parler. La cuisine était renommée et la vue époustouflante. Elle fit remarquer qu'il n'y aurait sans doute plus une seule table de libre, mais, sans qu'elle sache comment, il parvint à en réserver une.

Durant le dîner, ils touchèrent à peine aux mets délicieux, déjà concentrés sur la nuit fabuleuse qui les attendait.

Quand ils se retrouvèrent dans la chambre, sous la lumière tamisée, il sembla hésiter. Brusquement, il eut un mouvement de recul.

— Je devrais y aller, dit-il d'une voix âpre.

Caitlin s'y refusa de tout son être. Le désir l'avait métamorphosée, et elle ne se reconnaissait pas dans cette créature avide, impatiente de vivre sa première expérience sexuelle. Pourtant, ce qu'elle éprouvait allait au-delà du simple appétit charnel. Elle voulait effacer l'expression tourmentée qui assombrissait le visage magnifique de Kadir et le voir de nouveau transfiguré par un sourire.

— Je vous en prie, restez, murmura-t-elle, surmontant sa timidité.

Sa supplique balaya visiblement les réticences de Kadir. En guise de réponse, il l'embrassa avec passion. Il la déshabilla, puis il explora son corps avec une lenteur ensorcelante, avant de l'emmener au septième ciel. Dans le feu de leur étreinte brûlante, il ne remarqua pas qu'elle était vierge.

— Caitlin ! Tu es déjà arrivée ?

Perdue dans ses souvenirs sensuels, elle sursauta au moment où Morag apparut devant elle. Elle redescendit aussitôt sur terre, et la première chose qu'elle remarqua fut l'absence de son fils.

— Où est Cameron ? demanda-t-elle.

— Il était invité chez Rory MacIntosh aujourd'hui, répondit son amie. Tu as oublié ?

— Ah oui, c'est vrai. Où avais-je la tête ?

Décidément, elle n'était pas dans son état normal. La première pensée qui lui était venue à l'esprit était que Kadir était arrivé sur l'île avant elle pour lui enlever Cameron.

Comment expliquer la situation à l'ancienne infirmière ? Elle lui devait la vérité mais, surtout, elle avait besoin de se confier à quelqu'un.

— Tu as le temps de prendre le thé ? demanda-t-elle.

Un sourire radieux éclaira le visage de Morag.

— J'attendais justement que tu me le proposes !

— Si vous voulez bien me suivre, mademoiselle Fraser ?

Intimidée par la vaste demeure dans laquelle elle venait d'entrer, Caitlin suivit l'assistant du cheikh qui les avait accueillis. Machinalement, elle serra la main de Cameron. Mais, contrairement à elle, son fils paraissait plus curieux que nerveux. Quoi de plus normal ? Ce n'était pas tous les jours qu'un petit garçon de quatre ans voyageait à bord d'un jet privé. Ou qu'une limousine avec chauffeur l'attendait au pied de l'avion sur le tarmac de l'aéroport à Londres. Caitlin pensait que ces expériences d'une vie de luxe tellement éloignée de son quotidien allaient l'intimider, mais il n'en était rien. Il acceptait cette situation sans sourciller.

« Où on va, maman ? » avait-il demandé au moment de quitter l'île.

Et Caitlin avait su que le moment de vérité était venu.

Soutenant le regard de son fils, si semblable à celui de Kadir, elle avait inspiré profondément. Morag lui avait conseillé de rester simple.

« Nous allons rencontrer ton père, Cameron. Tu te souviens, je t'ai parlé de lui hier soir. Il est venu spécialement de son pays, très, très loin, pour te voir. »

Cameron avait reçu cette information en se tortillant légèrement, mouvement qui, chez lui, trahissait davantage l'impatience que l'inquiétude, et Caitlin en fut heureuse. Du moins voulut-elle s'en convaincre. Tant de choses, plus ou moins vagues, l'effrayaient. Et si Cameron était aussi subjugué par son père qu'elle-même l'avait été autrefois ? Et si le petit garçon regardait sa mère avec un œil nouveau, et qu'il la trouvait bien terne et ennuyeuse à côté de ce père tellement plus flamboyant ?

Maintenant, ils étaient chez Kadir. Ou plutôt dans l'une des nombreuses résidences que le cheikh possédait à travers le monde, comme le lui avait appris Makim, l'assistant de Kadir. Caitlin avait espéré que la rencontre se passerait dans le cadre impersonnel d'un grand hôtel. En territoire neutre, d'où elle pourrait à tout instant partir et emmener son fils sans que personne ne puisse l'en empêcher. Mais la limousine les avait conduits devant une élégante bâtisse blanche située dans un quartier prestigieux aux abords de Regent's Park. Dans le parc de la propriété, des gardes visiblement armés patrouillaient. Elle avait dû empêcher Cameron d'aller caresser les deux molosses à l'air féroce qui les accompagnaient. Ce n'était certainement pas le genre d'endroit qu'on quittait comme on voulait.

Elle regrettait que Morag ne soit pas avec elle pour la soutenir moralement, mais une gouvernante était venue convier la baby-sitter à venir boire un thé à la menthe dans la cuisine dès qu'elles avaient franchi le seuil.

— Maman, maman, regarde !

Cameron avait lâché sa main et désignait deux guépards de marbre qui montaient la garde devant une porte monumentale. Les deux statues étaient recouvertes de feuille d'or, et leurs yeux verts luisaient comme des émeraudes. Et si c'étaient vraiment des émeraudes ? se demandait-elle au moment où Makim frappait à la porte. Un serviteur vêtu d'une longue tunique traditionnelle leur ouvrit presque immédiatement.

Fascinée, Caitlin regarda Kadir qui venait vers eux, les yeux fixés sur Cameron. Pendant un instant, le petit garçon sembla trop occupé par le plafond incroyablement haut, le lustre de cristal et les tableaux représentant de fiers cavaliers en tenue traditionnelle montés sur des chevaux superbes pour prêter attention à leur hôte. Mais il prit progressivement conscience de la présence d'un tiers dans la pièce. Et Caitlin fut témoin du moment exact où cela se produisit : le début d'une histoire d'amour entre son fils et le père qu'il n'avait jamais vu.

Les yeux de Cameron s'écarquillèrent quand Kadir s'immobilisa devant lui et que le cheikh vêtu de sa longue tunique grise s'accroupit pour que leurs regards soient au même niveau. Loin d'être perturbé par cet étranger à l'accoutrement inhabituel, Cameron soutint son regard avec la curiosité sans fard d'un enfant.

— Salut, Cameron, dit Kadir d'une voix douce.

— Salut, répondit le garçonnet sans la moindre trace de timidité.

— Sais-tu qui je suis ?

— Je crois. Tu es mon papa.

— Effectivement. Et je suis très heureux de faire enfin ta connaissance.

Il leva les yeux, et Caitlin vit la colère dans le regard qu'il lui lança. Surmontant l'appréhension qui la saisit, elle voulut se convaincre que sa rage n'était que passagère. Mais sa certitude vacilla comme Kadir se redressait pour tendre la main à Cameron.

Et que celui-ci la prit sans la moindre hésitation.

— Veux-tu que je te raconte qui sont ces gens sur les tableaux qu'il y a dans cette pièce ? demanda le cheikh au petit garçon.

— Oui, s'il te plaît.

Caitlin n'en revenait pas. Comme beaucoup d'enfants uniques élevés par un seul parent, Cameron était un garçon réservé. Mais où était passée cette réserve à présent ? Il s'était approché de Kadir le plus naturellement du monde. Une pointe de jalousie envahit Caitlin comme ils se déplaçaient dans la pièce, parfaitement à l'aise l'un avec l'autre. Leur ressemblance physique était vraiment frappante, songea-t-elle quand ils s'arrêtèrent devant le plus grand des portraits. Comment avait-elle pu le nier ? S'était-elle volontairement voilé la face pour se préserver ?

— Tu vois cet homme, avec sa couronne, sur son cheval ? C'est ton arrière-grand-père.

— Vraiment ? s'exclama Cameron, l'air estomaqué.

— Oui. C'était un guerrier célèbre pour sa bravoure, et un grand savant. Tu vois les hautes montagnes recouvertes de neige, derrière lui ? C'est la chaîne des montagnes du Xulhabi, où on peut parfois voir des léopards, si on est très silencieux et très attentif.

— Je pourrais en voir ?

— En tout cas, j'espère que oui.

— Kadir…

Caitlin avait ouvert la bouche pour protester. Elle voulait lui dire d'avancer avec prudence. D'éviter les promesses qu'il ne pourrait pas tenir, et de ne pas emplir la tête d'un petit garçon avec des histoires de léopards des neiges et de grands guerriers. Mais Kadir ne tint pas compte de son interruption. Comme si elle était invisible.

— Dis-moi, Cameron, tu joues aux échecs ? poursuivit-il.

— Je ne sais pas ce que c'est, avoua le garçon.

— C'est un jeu, avec des rois, des reines et des cavaliers. C'est un jeu de stratégie et de réflexion – deux qualités nécessaires à qui veut survivre dans ce monde – et que je t'apprendrai.

— Tout de suite ?

Kadir sourit.

— Non, pas maintenant. Maintenant, je pense qu'il est temps pour toi de boire, car tu dois avoir soif après ce long voyage, et nous avons beaucoup à faire cet après-midi.

Comme si un signal avait été donné, ce qui était sans doute le cas, la porte du salon s'ouvrit, et une ravissante jeune femme apparut, suivie par Morag. Cette dernière n'avait pas l'air particulièrement troublée par la tournure inattendue que prenaient les événements. Lorsque Cameron vit sa nounou, il poussa un cri de joie et se précipita dans ses bras.

— Morag, Morag ! Je vais apprendre à jouer aux chèques !

— Aux échecs, le corrigea la nounou en ébouriffant affectueusement les cheveux du garçon.

— Mon papa va m'apprendre comment jouer.

— Ah oui ?

Le regard interrogateur que Morag lança à Caitlin n'échappa pas à Kadir, et il la toisa d'un air encore plus sûr de lui que d'habitude, avant de s'adresser à la nounou.

— Morag, Cameron et vous-même devriez suivre Armina, dit-il d'une voix suave. Elle vous fera découvrir des douceurs typiques du Xulhabi. Avez-vous déjà goûté des chocolats fourrés aux pétales de rose et aux fruits de la passion ?

En temps normal, l'exclamation ravie et gourmande de Cameron lui aurait fait chaud au cœur, mais aujourd'hui Caitlin se sentait surtout *vulnérable*. Déjà, son fils s'éloignait avec Morag, la laissant seule avec Kadir, l'homme avec lequel elle ne voulait à aucun prix se retrouver seule, pour toutes sortes de raisons.

Pas seulement parce qu'il avait réussi à établir instantanément, et avec une facilité déconcertante, un lien avec son fils. Ou parce qu'elle s'était sentie bizarrement exclue de l'échange entre le père et l'enfant. Non, c'était plus primitif que cela. En effet, elle avait découvert qu'après tout ce temps elle était toujours sensible à son charme.

Elle le désirait toujours, et la force de ce désir la prenait au dépourvu. Elle mourait d'envie de sentir ses lèvres masculines sur les siennes, elle voulait qu'il la serre dans ses bras puissants. Éprouverait-elle cette fois encore la sensation d'avoir trouvé le refuge qu'elle avait cherché toute sa vie ?

Sans faire quoi que ce soit, Kadir al-Marara parvenait à lui faire ressentir des sensations et des émotions qu'elle pensait éteintes depuis bien longtemps.

Aujourd'hui il portait une longue tunique de soie grise dont les reflets argentés faisaient ressortir ses cheveux noirs et rendaient son regard plus impénétrable qu'une nuit sans étoiles. Sous le vêtement ample qui le couvrait jusqu'aux pieds, elle devinait cependant son corps athlétique à la musculature puissante. Chassant le trouble qui l'assaillait, elle soutint son regard.

— La rencontre s'est très bien passée, dit-elle après s'être éclairci la gorge.

— C'est vrai. Mais tu espérais peut-être que Cameron me déteste au premier regard et qu'il refuse de me revoir ?

— Bien sûr que non.

— En es-tu sûre ? Tout serait pourtant plus simple…

Elle n'allait pas argumenter sur ce point. D'autant qu'elle avait du mal à aligner deux pensées cohérentes quand il était si proche d'elle. Dans l'espoir de masquer son trouble, elle fit mine d'étudier attentivement le motif du somptueux tapis. Mais ses émotions ne se laissèrent pas si facilement maîtriser et, lorsqu'elle rencontra finalement le regard de Kadir, elle comprit qu'il savait exactement ce qu'elle ressentait en cet instant.

— Le désir peut être extrêmement embarrassant, tu ne trouves pas, Caitlin ?

— Pardon ?

— Je t'en prie, ne me prends pas pour un imbécile. Il est clair que tu as envie que je t'embrasse, dit-il d'une voix suave.

— Comment oses-tu… ?

Les yeux noirs de son compagnon s'étaient voilés.

— C'est la vérité : à quoi bon se mentir ? Sois honnête envers toi-même, Caitlin.

— Tu sembles très à cheval sur l'honnêteté, dit-elle d'une voix étranglée par la colère. Seulement quand ça t'arrange. Ta femme était-elle au courant de ce que tu faisais, la nuit où tu as couché avec moi, Kadir ? Peut-être que vous en avez parlé ensemble, après ? Je n'ai pas l'expérience de ce genre de situation, mais peut-être étiez-vous adeptes de ce qu'on appelle le mariage libre ?

4.

Kadir se figea. Contre toute attente, les paroles de Caitlin l'avaient blessé. L'idée de mariage libre avait quelque chose de déplaisant. Surtout, l'assertion de Caitlin était tellement éloignée de la vérité que c'en était presque cocasse. Sauf que la situation était tout sauf comique.

Aveuglé par la colère contre celle qui lui avait caché l'existence de son fils, il n'avait pas relevé ses accusations d'infidélité jusqu'à présent, mais il lui devait une explication, aussi pénible que cela puisse être pour lui.

Peu de gens connaissaient la vérité sur sa défunte femme. Le palais avait fait en sorte d'étouffer les rumeurs pendant et après sa courte et tragique vie. Personne n'aurait jamais osé interroger Kadir comme Caitlin l'avait fait. De toute évidence, elle le voyait comme un monstre. Or il ne pouvait pas la laisser avoir cette opinion déplorable de lui.

Il devrait s'y prendre avec doigté, s'il voulait réaliser son projet de ramener Cameron au Xulhabi.

Il devait la convaincre, car c'était pour cette raison, et cette raison seule, qu'elle était là aujourd'hui.

— C'est vrai que j'étais officiellement marié quand j'ai couché avec toi…

— Existe-t-il donc des mariages non officiels ? le coupa-t-elle sèchement.

Visiblement affectée par cette discussion, elle avait

pâli et, soucieux de son confort, il lui désigna un fauteuil de la main.

— Ne veux-tu pas t'asseoir ?

— Je préfère rester debout.

— Je t'en prie, insista-t-il.

À contrecœur, elle s'assit. Il ne put s'empêcher de penser qu'elle avait l'air hors de son élément dans ce décor luxueux, avec ses vêtements usés. Toutefois, elle dégageait une distinction naturelle, car elle possédait un côté solaire qui faisait oublier le jean délavé et le pull de grosse laine.

C'était un pull semblable qu'il avait ôté, autrefois, pour découvrir un sous-pull. Il avait éclaté de rire – ce qui lui arrivait rarement – et s'était demandé à voix haute combien de temps il lui faudrait pour arriver à sa peau nue. Au cours des douze heures qu'il avait passées avec elle, il avait plus ri qu'à aucun moment de son existence. Jusqu'alors, il avait sous-estimé le pouvoir sensuel de l'humour.

Caitlin avait-elle perçu le cours érotique qu'avaient pris ses pensées ? Était-ce pour cela qu'elle redressa fièrement le menton pour lui décocher un regard glacial ?

— Je t'ai posé une question et j'aimerais avoir une réponse franche. Ne te fatigue pas à inventer un mensonge pour épargner ma sensibilité. Nous parlions de ta *femme*, lui rappela-t-elle. Celle avec qui tu étais « officiellement » marié quand tu as couché avec moi…

Kadir méritait la condamnation sans appel de Caitlin, même si personne n'était aussi impitoyable à son égard que lui-même. Combien de fois s'était-il réveillé au milieu de la nuit, assailli par la culpabilité ? Comment avait-il pu se montrer aussi faible ?

Caitlin, et elle seule, avait eu le pouvoir d'annihiler sa volonté et de lui faire perdre le contrôle. Et il devait veiller à ce que cela ne se reproduise plus.

— Il est important que tu comprennes d'où je viens,

avant que j'aborde le sujet de mon mariage. À l'époque de mon enfance, mon pays vivait des heures troubles. J'étais le fils unique du roi et, très tôt, on m'a inculqué le sens du devoir. J'ai toujours senti le poids du destin peser sur mes épaules. La tradition veut qu'un prince héritier choisisse une épouse de sang royal…

Il marqua une pause avant de poursuivre :

— Mon père a rompu avec la tradition en se mariant par *amour* pour ma mère.

Dans sa bouche, le mot « amour » sonnait comme une maladie incurable.

— Et il en a payé le prix. Lourdement. Je ne vais pas entrer dans les détails du mariage de mes parents, mais sache que ce n'était pas une union heureuse, et je ne l'ai jamais considérée comme un exemple à suivre. Pour moi, ce qu'on appelle l'amour n'est qu'un piège. Un piège dans lequel j'étais déterminé à ne jamais tomber, dit-il en esquissant un sourire plein d'amertume.

« Alors quand le moment est venu pour moi de me marier, j'étais tout à fait d'accord pour épouser la fiancée qu'avaient sélectionnée mes conseillers. J'acceptais l'idée qu'elle et moi aurions beaucoup en commun, puisque nous étions tous deux d'ascendance royale et que nous avions reçu une éducation similaire. Je m'engageais dans ce mariage sans réserve. »

— Elle était belle ?

La question parut d'abord saugrenue à Kadir. Puis la dernière image qu'il avait de sa femme lui vint à l'esprit. La chirurgie esthétique avait fini par la rendre méconnaissable. Toutes les femmes étaient-elles donc futiles et obsédées par leur apparence, au point de s'obstiner à rester jeunes éternellement ?

— Oui, elle était belle.

Sa réponse honnête fit tressaillir Caitlin, mais il s'en moquait. C'était elle qui avait voulu savoir, après tout.

— Mais pour moi c'était secondaire, reprit-il. L'essentiel était qu'elle acceptait de m'épouser et de devenir ma reine. Elle était impatiente de relever tous les défis qui l'attendaient une fois qu'elle aurait endossé ce rôle. Ou du moins c'est ce qu'elle affirmait.

Il aurait donné tout l'or de ses coffres-forts pour ne pas avoir à poursuivre cette conversation. D'autant que Caitlin le fixait de ses grands yeux bleus qui éveillaient inévitablement une foule de souvenirs. Il se força à continuer, au moins pour ne plus penser à la douceur de son corps contre le sien.

— En réalité, Adiya se fichait complètement de régner à mes côtés. Ou d'apprendre à être une bonne épouse et, en temps voulu, de me donner des enfants et un héritier pour le royaume. Une seule chose l'intéressait…

La gorge nouée, il se sentait incapable de prononcer un mot de plus.

— Quoi donc ? l'encouragea Caitlin.

Toute trace d'hostilité avait disparu de sa voix, remplacée par la douceur qui l'avait séduit la première fois qu'il l'avait rencontrée. N'était-ce pas cette délicatesse perdue qui lui serrait le cœur chaque fois qu'il la regardait ?

— La seule chose qui l'intéressait était la drogue.

— La drogue ? répéta-t-elle, visiblement choquée. La *drogue* ? Tu veux dire…

— L'héroïne, pour être précis. Mais je crois savoir qu'elle avait commencé par la cocaïne. Ne sois pas si surprise, Caitlin. Pensais-tu que l'Occident avait le monopole de la toxicomanie ? Apparemment, c'est l'un de ses cousins qui l'a initiée à ce poison et ensuite elle a plongé…

— Mais tu n'as eu aucun soupçon à ce sujet, avant de l'épouser ?

La révélation extraordinaire qu'il venait de lui faire semblait lui avoir fait abandonner toute animosité à son égard.

— Non, je n'avais aucune expérience dans ce domaine et, en raison des *convenances*, nous avions passé très peu de temps ensemble durant nos fiançailles. La plupart du temps, elle était voilée et baissait les yeux. Je pensais que c'était par timidité, mais j'ai découvert ensuite qu'elle cherchait surtout à me cacher son état. Et puis, les rencontres avant notre mariage se passaient toujours en présence d'un chaperon. Hélas, une fois la cérémonie finie, elle n'a plus cherché à se cacher et j'ai compris que mon épouse était une toxicomane.

— Oh ! Kadir… Qu'as-tu fait ?

— Que pouvais-je faire ? J'ai voulu la secourir. J'ai essayé de couper son approvisionnement, mais elle était pleine de ressources et arrivait toujours à se procurer ses doses. J'ai fait appel aux plus célèbres addictologues. Mais on ne peut pas aider quelqu'un à décrocher contre son gré. Or Adiya ne voulait pas s'arrêter. Elle aimait trop ça : planer. Ça l'a tuée. Un jour, elle a fait une overdose. Elle est restée quelques années dans un coma profond, avant de mourir.

Caitlin était comme tétanisée, pas uniquement en raison des révélations du cheikh. En effet, le visage de Kadir était décomposé à présent, et elle aurait voulu s'élancer vers lui, l'enlacer et le réconforter. Or elle était trop choquée pour arriver à se lever de son fauteuil.

Les questions se bousculaient dans son esprit. L'une d'entre elles, en particulier, refusait de se laisser étouffer.

— Alors, quand tu… Quand nous… Quand nous avons couché ensemble… était-elle… ?

— Adiya était déjà dans le coma, oui. Depuis un certain temps. Elle ignorait que je la trompais, mais, moi, je le savais, bien sûr. Et je…

Les mots moururent sur ses lèvres. L'amertume et le remords qui obscurcissaient ses traits étaient pénibles à contempler. Pourtant Caitlin fut incapable de changer de sujet.

— Tu aurais dû m'en parler.

Elle n'ajouta pas pourquoi l'adultère était un sujet si douloureux pour elle. Il n'avait pas besoin de savoir que son propre père avait été un mari infidèle. Non seulement ce dernier avait trompé sa femme légitime, mais il avait aussi précipité sa maîtresse, la mère de Caitlin, dans le désespoir.

Kadir et elle n'auraient jamais le genre de relation qui invite aux confidences, celle d'un homme et d'une femme qui acceptent de révéler leur vulnérabilité et leurs peurs les plus intimes.

— Si tu me l'avais dit, j'aurais peut-être compris, ajouta-t-elle. Au moins, j'aurais eu l'impression que tu te souciais de ce que je pouvais ressentir. Lorsque j'ai découvert que tu étais marié, j'ai eu l'impression d'avoir été un pis-aller, un lot de consolation. Un moyen pour toi de satisfaire ta libido.

Elle aurait voulu qu'il proteste. Qu'il lui dise qu'elle avait représenté davantage pour lui. Mais évidemment, il n'en fit rien.

— Si j'ai gardé le silence, c'est que très peu de monde était au courant. Par égard pour la famille d'Adiya, sa maladie est restée secrète. Même sa mort et son enterrement ont été entourés d'une très grande discrétion. Certes, je ne t'ai pas dit la vérité, Caitlin, mais reconnais que je ne t'ai jamais fait de promesses non plus.

— Tu ne m'as pas dit que tu étais roi.

— Mais était-ce important ? Ce qui s'est passé entre nous devait rester une aventure sans lendemain. Nous étions d'accord, à l'époque. C'est même toi qui as fourni les préservatifs, tu t'en souviens ?

Caitlin se sentit rougir. Elle avait des préservatifs dans son sac à main depuis qu'elle avait dix-huit ans, parce qu'elle était déterminée à éviter une grossesse non désirée. Elle avait cependant attendu six ans pour ouvrir le paquet. Peut-être que cela expliquait pourquoi les préservatifs avaient été inefficaces. Ils étaient sans doute périmés.

Au souvenir de cette nuit-là, elle s'agita dans son fauteuil. « Je n'ai rien à t'offrir », avait-il murmuré en glissant une main entre ses cuisses pour effleurer son sexe moite d'une caresse. Il ne lui avait fait aucune promesse, en effet, et maintenant elle comprenait pourquoi. Mais s'il n'avait rien à lui offrir, que faisait-il en Angleterre maintenant ?

— Pourquoi es-tu venu ? demanda-t-elle. Pourquoi m'as-tu fait rechercher, Kadir ?

— Tu ne devines pas ? demanda-t-il d'une voix suave.

— Je ne suis pas d'humeur à jouer aux devinettes.

— Je t'ai fait rechercher parce que durant deux années mon pays a connu la guerre. Au cours des combats, j'ai vécu des moments très durs. J'ai été sur le point d'être vaincu, anéanti… J'ai subi des pertes terribles. Des gens auxquels je tenais… Et parfois, au milieu des tempêtes de sable qui immobilisaient mes troupes, quand ma gorge était asséchée et mon corps exténué, je pensais à toi, Caitlin.

Cet aveu la désarçonna au point qu'elle en oublia de demander qui étaient ces gens qu'il avait perdus.

— Tu pensais à moi ?

— Oui.

Sa voix avait pris une intonation un peu rauque, tandis qu'il s'avançait vers elle.

— Je me rappelais ton parfum, la douceur de ta peau,

ces moments où je te tenais dans mes bras. J'ignore combien d'amants tu as eus avant moi, mais cette nuit-là m'a donné l'impression d'être unique. J'avoue que je n'ai jamais oublié depuis ce que j'ai ressenti avec toi.

Combien d'amants elle avait eus ? L'ironie de la situation la frappa de plein fouet. Elle n'avait connu que lui, et il ne s'en était même pas rendu compte !

Quoi qu'il en soit, il était revenu parce qu'il la voulait toujours. Physiquement, du moins. La méfiance dans le regard de son compagnon avait disparu, cédant la place à un désir brûlant, et Caitlin découvrit qu'elle n'y était pas insensible, tant s'en faut, en dépit des révélations qu'il venait de lui faire. À moins que l'histoire tragique qu'il venait de lui raconter ne lui ait donné envie de le réconforter de la plus primitive des manières ?

Il était si proche à présent qu'elle pouvait voir une veine battre contre sa tempe. Ses lèvres masculines, légèrement entrouvertes, lui rappelèrent avec une acuité incroyable ce qu'elle avait vécu avec lui autrefois, et qui lui avait manqué chaque jour depuis. Aucun homme n'avait eu cet effet sur elle.

Une tension purement sexuelle crépita soudain entre eux. Comme attirée par un aimant, Caitlin se redressa. Dès qu'elle fut debout, Kadir la prit par les épaules pour l'attirer contre lui. Pas une seconde elle ne songea à lui résister, car elle se retrouvait exactement à l'endroit où elle voulait être.

Le regard de son compagnon était brûlant, avide.

— J'ai envie de t'embrasser, murmura-t-il. Et tu en as envie autant que moi, n'est-ce pas, Caitlin ?

Quel homme présomptueux ! Hélas, elle ne pouvait le contredire sans être coupable d'hypocrisie.

— Oui, chuchota-t-elle pour sa plus grande honte.

Alors, il prit son visage en coupe et la contempla. Ses

yeux de jais brûlaient de passion quand il s'inclina vers elle. L'espace d'un instant, elle eut l'impression d'être en chute libre et, lorsque les lèvres de Kadir touchèrent les siennes, ce fut comme si elle atterrissait au milieu du paradis. Leurs langues se mêlèrent en une joute sensuelle. À quoi jouait-il ? Voulait-il lui prouver qu'un baiser pouvait lui apporter une intense satisfaction ? Et en fin de compte, une immense frustration ?

Quelles étaient les intentions du cheikh ? L'embrasser jusqu'à ce qu'elle réagisse ? Jusqu'à ce qu'elle s'agrippe à son cou ? C'est ce qu'elle fit, savourant cette étreinte, qui faisait affleurer tant de souvenirs à sa mémoire. Comme elle avait envie de le revoir nu !

Malgré son manque d'expérience, Caitlin sentait le danger fondre sur elle. Un danger qui venait d'elle, de la réaction de son propre corps aux caresses de Kadir. Ses seins se tendaient sous la dentelle de son soutien-gorge, tandis qu'une douce chaleur s'insinuait au creux de ses cuisses.

Comme une puissante vague de désir la submergeait, elle se plaqua contre lui. En réponse à son mouvement lascif, Kadir poussa un grognement de triomphe. Les battements de son cœur s'accélérèrent encore lorsqu'il caressa ses reins, et elle se mit à onduler sous ses mains masculines. Déjà, les doigts agiles de son compagnon remontaient vers le fermoir de sa jupe. D'ici une seconde, il ferait glisser le tissu le long de ses hanches, puis il ferait subir le même sort à sa culotte et…

Peu importe qu'elle désire de toutes les fibres de son corps qu'il lui fasse l'amour. Elle ne devait pas le laisser faire !

Elle était trop vulnérable au charme de Kadir, même après tout ce temps. N'était-elle pas prête à s'imaginer qu'il existait plus qu'une attirance purement charnelle entre eux ? Comment allait-elle lui tenir tête, si elle s'abandonnait au désir qu'il éveillait en elle ? Comment défendrait-elle les intérêts de son fils, si elle se retrouvait sous l'emprise sensuelle du cheikh ?

Malgré ses résolutions, ses mains tremblaient quand elle les posa sur le torse viril pour le repousser doucement. Son cœur battait si vite qu'elle en avait le vertige.

Kadir l'observa quelques instants. Une lueur de déception traversa les prunelles sombres, bientôt remplacée par la surprise. Sans doute était-il étonné qu'elle lui résiste.

Bouleversée, elle se dirigea vers une fenêtre. Là, elle tenta de remettre de l'ordre dans ses cheveux tout en ajustant ses vêtements. Une fois qu'elle eut recouvré ses esprits, elle se tourna vers lui, déterminée à afficher un visage impassible.

— Ça n'arrivera pas, dit-elle simplement.

Les yeux noirs étincelaient d'un éclat indéchiffrable.

— C'est presque arrivé. Tu ne vas pas nier que tu en avais envie ?

— Ce que je veux et ce dont j'ai besoin sont deux choses différentes, Kadir. Je suis peut-être tombée dans ton lit facilement la dernière fois, mais aujourd'hui les enjeux sont trop importants. Nous devons…

Elle s'interrompit un instant.

— Nous devons parler de l'avenir. De ce qui est le mieux pour Cameron. Et je ne veux pas de complications inutiles.

Kadir soupesa les paroles de Caitlin. Une « complication », était-ce ce qu'il représentait pour elle ? Un obstacle qu'elle devait contourner ? N'était-ce pas ainsi que sa mère le considérait ?

Quoi qu'il en soit, il n'était pas question pour lui de se laisser happer par son passé douloureux. Après tout, c'était peut-être mieux ainsi. Garder ses distances avec Caitlin lui permettrait de mettre à exécution ses projets sans états d'âme. Pour le bien de tout le monde, et surtout pour le bien de son enfant.

— Je suis d'accord, dit-il. C'est le futur qui importe et non le passé. Je ne veux plus être un étranger pour mon fils. Étant donné qu'il régnera un jour sur le Xulhabi, il devra passer du temps là-bas.

— Tu veux dire… pendant les vacances ?

— Pas seulement, cela ne suffirait pas. Cameron doit comprendre d'où il vient et connaître l'histoire de son futur royaume. Son éducation devra le préparer au métier de roi. Je veux ramener mon fils avec moi au Xulhabi pour lui faire découvrir le pays sur lequel il régnera un jour.

— As-tu perdu la tête ? Crois-tu que je te laisserai partir avec Cameron, alors que tu es presque un étranger pour moi ?

— Ne t'inquiète pas, Caitlin, j'avais l'intention de te demander de l'accompagner. Et au lieu de me dévisager avec cet air horrifié, dis-moi ce que tu trouves à y redire ? Tu n'as pas de travail fixe, et, même si c'était le cas, je pourrais aisément te dédommager pour ta perte de salaire.

— C'est hors de question, du moins pour le moment. Cela fait bien trop de changements à encaisser pour un petit garçon. Quitter l'Écosse pour le désert ? Cameron serait complètement perturbé.

— Je ne partage pas ton opinion. Je pense au contraire que n'importe quel petit garçon apprécierait cette expérience.

Elle le fusilla du regard.

— Je refuse que mon fils perde brutalement tout sens des réalités ! Il nous faut agir en douceur. Nous allons bloquer quelques dates dans ton agenda. Qu'en penses-tu ?

Kadir était presque désolé pour Caitlin. Devait-il lui annoncer maintenant que la vie de Cameron ne serait plus jamais « normale » ? Devant son air belliqueux, il s'en abstint.

— Très bien, nous agirons à ta façon, dit-il d'un ton conciliant.

Elle le regarda avec méfiance, comme si elle ne pouvait pas croire qu'il ait cédé aussi facilement.

— Parfait.

Il prit une clochette qu'il agita pour appeler un domestique.

— Je dois te quitter maintenant. Il me faut passer quelques coups de fil avant le dîner.

— Le dîner ? répéta-t-elle d'une voix blanche.

Il ressentit un certain plaisir devant l'expression déconfite de Caitlin.

— Oui. Tu as accepté de rester deux jours, il me semble ?

Elle frémit imperceptiblement. Puis elle reprit sa contenance habituelle.

— Je ne te laisserai pas emmener Cameron au Xulhabi. Tu ne me feras pas changer d'avis, si c'est ce que tu as en tête.

— Je ne me risquerais jamais à partager mes pensées avec toi. Mais je suis déçu que tu refuses obstinément de voir les choses de mon point de vue.

5.

— Il faut *vraiment* qu'on s'en aille, maman ?

Caitlin afficha un sourire qui, espérait-elle, reflétait un calme qu'elle était loin d'éprouver.

— Oui, chéri. Nous n'avions prévu de rester à Londres qu'un jour ou deux, tu te souviens ? Et si nous ne rentrons pas, qui va donner à manger à ton hamster ?

À grand-peine, elle maîtrisa le tremblement de ses doigts pour finir de boutonner le manteau neuf de Cameron. Des sentiments contradictoires – fierté et ressentiment – se disputaient en elle, tandis qu'elle effleurait le vêtement taillé dans le cachemire le plus doux. Le manteau allait parfaitement à Cameron, tout comme les autres tenues que Kadir avait tenu à lui acheter dans un célèbre magasin londonien. Cela avait été une séance de shopping étrange : Kadir ayant fait fermer la boutique, ils avaient été les seuls clients. Si Caitlin devait reconnaître que son fils était adorable ainsi vêtu, elle éprouvait une curieuse culpabilité, comme si elle avait privé l'enfant de quelque chose en l'élevant dans une sorte de frugalité. Elle avait rougi quand l'une des vendeuses lui avait présenté le vieil anorak de Cameron et avait demandé si madame souhaitait le garder. Madame avait répondu non, bien entendu, tout en éprouvant un sentiment idiot de déloyauté.

Si seulement elle pouvait se débarrasser des émotions inconfortables qui se bousculaient en elle ! Ce voyage à

Londres lui avait fait comprendre que, sur le plan physique du moins, elle était toujours attirée par le père de son fils. Il suffisait que le cheikh arrogant la touche pour qu'elle fonde.

Heureusement, elle n'allait pas le voir pendant un certain temps, songea-t-elle en se redressant. Cela lui laisserait le loisir de s'immuniser contre son charme.

Soucieuse de remonter le moral à Cameron, elle lui adressa un sourire d'encouragement.

— L'avion va bientôt décoller. Nous ferions mieux de trouver ton père pour lui dire au revoir.

— Je ne veux pas dire au revoir ! s'écria le petit garçon sur un ton buté qu'elle ne lui avait jamais entendu.

— Nous nous reverrons bientôt.

Caitlin leva les yeux en direction de la porte d'où s'était élevée la voix grave. Le ton calme de Kadir contrastait avec son regard courroucé. Depuis combien de temps était-il là ? Avait-il entendu Cameron faire l'éloge de cette maison, qui selon lui était belle et où il faisait chaud ? En avait-il déduit que le feu de cheminée suffisait à peine à chauffer leur petit cottage en hiver – ce qui était la vérité ?

— Papa ! Papa !

Cameron courut à travers le salon et se jeta sur le cheikh, enlaçant de ses petits bras les jambes de son père, recouvertes d'une *dishdasha* dorée. Kadir l'accueillit avec un rire indulgent.

De nouveau, Caitlin eut l'impression d'être une intruse. La mère rabat-joie qui refusait au père et au fils le bonheur simple qu'ils réclamaient : partir ensemble au Xulhabi. Elle avait été obligée d'écouter les descriptions lyriques de son pays que Kadir faisait à son fils. Ses paroles prenaient une tournure poétique et évoquaient des images vivaces quand il décrivait Azraq, la capitale, le palais aux tours dorées, où vivait un couple de faucons aux pattes rouges –

une espèce très rare. Il avait régalé Cameron de récits de promenades à cheval, de tir à l'arc, lui révélant comment, à l'âge de sept ans, lui-même avait appris à manier l'épée.

« Et moi ? Je pourrai aussi apprendre à me battre avec une épée, papa ? » avait demandé Cameron d'un ton suppliant.

Lorsque Caitlin avait protesté, estimant que c'était une activité dangereuse pour un petit garçon, Kadir lui avait lancé un regard furieux.

« Tu penses que je le mettrais en *danger* ? avait-il demandé. Sais-tu que dans certains pays il est tout à fait normal d'apprendre le maniement de l'épée à des garçons de cinq ans ? »

« Pas en Écosse, en tout cas ! »

« Dommage pour l'Écosse », avait-il conclu.

Tout leur séjour avait été à l'avenant. Les deux jours passés dans la luxueuse demeure londonienne du cheikh avaient constitué une véritable épreuve pour elle. Mais pas pour Cameron. Il avait participé avec enthousiasme à toutes les activités organisées spécialement pour lui, et s'était rapidement fait à l'idée que son père – inconnu jusqu'alors – était un puissant roi du désert.

Caitlin en avait déduit que les enfants n'étaient pas aussi sensibles aux différences sociales que les adultes. Cameron n'avait pas fait de remarque sur le fait que la maison de Kadir aurait pu contenir dix petits cottages comme le leur. Ni sur les innombrables domestiques qui circulaient dans toute la maison comme des ombres silencieuses, toujours prêts à surgir pour répondre aux ordres du cheikh. Et il n'avait émis aucune objection quand un guide engagé spécialement pour eux leur avait fait visiter Londres à bord d'une limousine. Pour sa part, Caitlin s'était demandé pourquoi Kadir avait eu recours à un professionnel, alors qu'il aurait pu leur servir de guide lui-même. En effet, il semblait connaître la ville comme sa poche.

« Le Xulhabi entretient des relations commerciales avec toutes les grandes villes du monde. Naturellement, je fais en sorte de les connaître du mieux que je peux », avait-il répondu à Morag qui l'avait interrogé à ce sujet.

Il avait appuyé son explication d'un sourire qui avait fait fondre la nounou. Un sourire chaleureux dont il gratifiait aussi régulièrement Cameron.

Mais jamais Caitlin.

Pour sa part, elle n'avait droit qu'à une éternelle expression glaciale. Était-il toujours furieux contre elle parce qu'elle avait refusé de laisser Cameron partir au Xulhabi ? Pourquoi n'admettait-il pas que ses raisons étaient parfaitement légitimes ?

L'étaient-elles vraiment ? N'était-ce pas la peur, en réalité, qui la poussait à réagir ainsi ? Une peur sourde qu'elle avait du mal à exprimer.

Quel choc cela avait été pour elle d'apprendre que la femme de Kadir était une droguée ! Cette dernière se trouvait dans un coma profond au moment de leur liaison… D'une certaine façon, cette révélation ajoutait encore de la confusion à ses sentiments. L'infidélité de Kadir lui apparaissait sous un jour qui n'était plus aussi manichéen. Il était donc urgent qu'elle remette de l'ordre dans ses idées, avant de prendre une décision au sujet de leur avenir.

Pour le moment, elle attendait, à côté de leur valise, que Cameron finisse de dire au revoir à son père. Malgré les griefs qu'elle nourrissait à l'égard du cheikh, son cœur se serra quand celui-ci défit gentiment l'étreinte de son fils, afin de s'accroupir devant lui.

— Nous allons nous revoir très bientôt, mon garçon,

dit-il en rivant son regard à celui de Cameron. Je te le promets.

L'instant d'après, la limousine s'arrêtait devant le perron. Le trajet vers l'aéroport se déroula dans le silence. Elle fut surprise de découvrir que l'avion qui devait les ramener à Édimbourg était beaucoup plus grand que celui qu'ils avaient pris à l'aller, mais la perspective de voyager à bord de ce nouvel appareil rendit sa bonne humeur à Cameron.

Caitlin avait toujours le cœur lourd tandis qu'une hôtesse les conduisait à travers une vaste cabine vers l'arrière de l'appareil, où elle les pria de s'installer à leur aise. Elle attacha la ceinture de Cameron et l'observa alors qu'il regardait le ciel gris à travers le hublot.

Lorsque les moteurs se mirent à ronronner, elle se tourna vers Morag, en quête de réconfort. Elle avait besoin que quelqu'un la rassure, lui dise que tout allait bien se passer, car au fond elle n'arrivait pas à chasser un sentiment étrange de défaite.

— Cela s'est plutôt mieux passé que je ne l'aurais cru, fit-elle remarquer.

— Oui, c'est vrai. Et je t'avoue qu'il me plaît, dit Morag. Il me plaît vraiment beaucoup.

La pointe de reproche dans la voix de son amie était-elle le fruit de sa paranoïa ? se demanda Caitlin. Elle réprima le réflexe puéril de déverser la litanie de critiques qu'elle avait en rayon pour le cheikh, car elle comprit qu'elle ne trouverait pas en Morag une oreille complaisante. Celle-ci avait même trouvé des excuses à Kadir quand Caitlin lui avait révélé que la femme du cheikh avait passé une grande partie de leur bref mariage dans le coma – sans toutefois entrer dans les détails. Si elle avait espéré une condamnation de Kadir pour avoir couché avec elle alors qu'il était marié, elle en fut pour ses frais. « Pauvre homme » fut le seul commentaire de son amie.

« *Pauvre homme* ? Et moi, alors ? » avait-elle voulu lui rétorquer. Ses sentiments ne méritaient-ils pas d'être pris en compte ? Morag réalisait-elle combien il allait être difficile pour Cameron et elle de s'adapter à l'arrivée du cheikh dans leur vie ? Caitlin se tracassait notamment sur le nombre de jours dans l'année où Kadir exigerait de voir son fils.

Quoi qu'il en soit, les paroles de Morag avaient obligé Caitlin à envisager la situation sous un autre angle. Kadir n'était pas complètement méchant, tout comme elle-même n'était pas complètement gentille. Admettre cela n'était pas très agréable. Toutefois, elle décida qu'elle l'appellerait dès son retour sur l'île pour définir un agenda de visites. Pour le bien de Cameron, tous deux devraient oublier les griefs qu'ils nourrissaient l'un envers l'autre.

Malgré ces résolutions, son sentiment de malaise persistait. Rien n'y fit, ni le confort luxueux de l'avion, ni les pâtisseries, les boissons et les fruits délicieux qu'une hôtesse leur servit. Morag et Cameron firent honneur aux friandises, mais Caitlin n'avait pas d'appétit. Au lieu de manger, elle parcourut la cabine du regard. Elle s'attarda sur le cadre exquis de l'avion royal. Le splendide mobilier en bois de santal, orné des deux guépards symboles du Xulhabi, conférait une atmosphère chaleureuse à la cabine.

Le visage du cheikh en couverture d'un magazine américain attira soudain son attention, et son cœur se mit à battre plus vite quand elle prit la revue. Énigmatique, sombre et plein de majesté, Kadir portait la tenue traditionnelle, et un faucon était posé sur son avant-bras.

Incapable de résister, Caitlin se plongea dans l'article qui faisait la une. Le journaliste faisait l'éloge du monarque « d'une discrétion légendaire sur sa vie privée » qui avait réussi à rétablir la paix dans son pays après des années d'instabilité et de guerre. Il rappelait sa détermination et son courage dans la bataille. Elle aurait voulu ne pas être impressionnée, mais comment faire autrement ? Elle survola délibérément le récit de ses succès diplomatiques pour se concentrer sur la carte du Xulhabi. Pour la première fois, elle réalisa que le pays était immense. Quelle impression cela faisait de régner sur un territoire aussi vaste ? se demanda-t-elle. De grandir en étant conscient qu'un jour toute cette terre vous appartiendrait, ainsi que le poids de la responsabilité qui allait avec cette couronne ?

Dire que Kadir voulait imposer ce fardeau à Cameron ! C'était trop pour un petit garçon qui n'avait pas encore cinq ans.

Ils étaient en vol depuis plus d'une heure lorsque Caitlin eut l'impression que quelque chose ne tournait pas rond. Son inquiétude se précisa au moment où l'une des charmantes hôtesses répondit évasivement à sa question. Était-il possible que la jeune femme n'ait pas compris une question simple, certes formulée en anglais, portant sur leur heure d'arrivée à Édimbourg ? Au lieu de lui répondre, l'hôtesse lui adressa un magnifique sourire, avant de s'éloigner vers l'avant de l'avion, laissant Caitlin perplexe. Quelques instants plus tard, alors qu'elle regardait distraitement par le hublot, elle découvrit que les nuages s'étaient dissipés. Mais au lieu des paysages verdoyants et vallonnés de l'Écosse, elle vit…

Le souvenir de vacances lointaines, avant la naissance de son fils, s'imprima dans son esprit, et elle ferma les yeux dans l'espoir illusoire que sa vue lui jouait des tours. Mais quand elle les rouvrit, le paysage n'avait pas changé. C'était pourtant impossible. Ces hautes montagnes aux sommets enneigés ne pouvaient pas être les Alpes.

Caitlin eut soudain le vertige.

Elle éprouva le besoin de communiquer ses craintes à quelqu'un, mais Morag était occupée à faire des coloriages avec Cameron et elle ne voulait pas inquiéter le petit garçon. Un doute s'empara d'elle. Et si ses peurs étaient infondées ? Et si… ?

Cependant, il ne fallait pas être un expert en aéronautique pour comprendre qu'ils avaient considérablement dévié de leur route. Elle se leva et constata que ses jambes la portaient difficilement. Arrivée à l'avant de l'appareil, elle trouva l'hôtesse dans une cabine presque aussi grande que celle qu'elle occupait avec Cameron et Morag. Elle n'y avait pas prêté attention lorsqu'elle avait embarqué, mais à présent elle constatait que cette partie de l'avion était aménagée comme un palais, avec des canapés recouverts de velours et des lampes en laque de Chine. Il y avait aussi un secrétaire ancien, sur lequel était posé un coupe-papier à la poignée sertie d'émeraudes qui ressemblait à un poignard.

— Je vous prie de me dire ce qui se passe, dit-elle d'une voix ferme à l'hôtesse. Pourquoi ne nous dirigeons-nous pas vers l'Écosse ?

— Je suis désolée, je ne peux pas…

— C'est bon, Rania. Vous pouvez nous laisser.

La voix grave aux intonations veloutées qui se leva derrière elle ne pouvait appartenir qu'à une seule personne. Caitlin se tourna, bouillonnante d'indignation… et de quelque chose d'autre. Quelque chose de puissant et de dévorant. Quelque chose qui, à sa grande confusion, ressemblait à du désir, face à l'homme imposant qui se tenait dans l'encadrement de la porte.

Kadir al-Marara, tout en puissance et en muscles, avec son expression aussi énigmatique que celle d'un oiseau de proie.

Ses yeux noirs, acérés et brillants, la scrutaient. Sous l'effet de la surprise, elle laissa échapper un murmure d'appréhension, tandis que Rania quittait le salon aussi rapidement que le lui permettaient ses hauts talons, la laissant seule avec lui.

— Je ne comprends pas, dit-elle. Que fais-tu ici ?

Il haussa les épaules avec désinvolture.

— Il y a quelques instants, je pilotais cet avion.

Voilà qu'il feignait de ne pas comprendre sa question !

— Je me fiche de tes talents de pilote ! lança-t-elle, folle de rage. J'aimerais savoir pourquoi nous n'avons pas atterri en Écosse.

— La réponse est simple : nous n'allons pas en Écosse.

— Bien sûr que si ! Nous nous étions mis d'accord. Où nous emmènes-tu ?

— Tu le sais parfaitement. Au Xulhabi.

— Tu ne peux pas…

La voix de Caitlin, qui grondait l'instant d'auparavant, n'était à présent plus qu'un murmure.

— Tu ne peux pas faire ça, répéta-t-elle. C'est un *enlèvement* !

Kadir dévisageait Caitlin en tâchant d'ignorer le tremblement de ses lèvres féminines et ses grands yeux désemparés.

— C'est une façon de voir les choses, je l'admets. Mais je préfère considérer cela comme une façon de réunir ma famille.

— Comment oses-tu ?

— J'ose parce que je n'ai pas le choix. Je le dois, non seulement à mon peuple, mais aussi à mon fils. Cameron doit pouvoir fouler le sol de ses ancêtres. Et il ne pourra pas le faire si sa mère l'en empêche en le gardant sur une île perdue, loin de tout, où il sera incapable d'acquérir les compétences nécessaires dont il aura besoin pour régner sur le Xulhabi.

— Arrête de répéter ça, veux-tu ? À t'entendre, c'est une affaire réglée, alors que Cameron n'a peut-être pas du tout envie d'être l'héritier de ton fichu royaume ! Il a peut-être envie d'être… un fermier. Ou vétérinaire !

— J'ai bien peur que ce ne soit pas possible, fit-il d'un ton sans réplique. Son destin est tout tracé.

Ses paroles troublèrent visiblement Caitlin, car elle resta un instant immobile, l'air sidéré. Puis brusquement, elle se jeta sur lui comme une lionne et, toute vulnérabilité volatilisée, martela ses poings contre le torse de Kadir.

— Caitlin, ça ne t'avancera à rien, protesta-t-il.

Pourtant, il se délectait de la réaction fougueuse de la jeune femme. Son érection n'était-elle pas la réponse instinctive de son corps à la sentir si près de lui ? Ce parfum qui n'appartenait qu'à elle, un subtil mélange de savon et de miel, lui rappelait la lande sauvage d'Écosse. Un besoin intense l'envahit de glisser les mains dans la masse flamboyante de ses cheveux, mais il se maîtrisa.

— Arrête, ordonna-t-il.

Elle porta un autre coup sur son torse, mais, bien qu'elle y ait mis toutes ses forces, c'est à peine s'il le sentit.

— Non ! Je n'arrêterai pas tant que tu n'auras pas ordonné au pilote de faire demi-tour.

— Je suis désolé, mais je ne le ferai pas.

Il crut un instant que Caitlin renonçait, car elle arrêta de le frapper. Mais il l'avait sous-estimée. Elle se précipita vers le secrétaire et revint aussitôt, brandissant le coupe-papier dans sa direction.

— Ramène-moi chez moi immédiatement, ou je vais taillader ton beau visage.

La fureur qui l'animait la rendait sublime, et il eut une envie folle de l'embrasser. À en juger par le regard soudain brûlant de sa compagne, elle en avait autant envie que lui.

Alors il saisit le poignet qui tenait le poignard, faisant

frémir Caitlin. Les lèvres de la jeune femme s'entrouvrirent légèrement, en une invitation sans équivoque. À moins qu'il se trompe ? Que savait-il vraiment de ce que veulent les femmes ?

Ce ne fut qu'au prix d'un effort de volonté considérable que Kadir parvint à résister à la tentation, comme il l'avait déjà fait à plusieurs reprises. Car en l'occurrence il n'était pas question de sexe. Il s'agissait de pouvoir. Son pouvoir, et celui de Caitlin aussi. Était-elle consciente qu'elle se trouvait dans une situation rarissime ? Elle possédait quelque chose que Kadir voulait. Quelque chose qu'il avait eu la surprise de découvrir, et qui lui apparaissait maintenant comme le cadeau le plus précieux qu'on lui ait jamais présenté.

Son fils.

Dans les veines de son enfant coulait le sang d'un futur roi, et ni Caitlin ni lui-même n'y pouvaient rien changer. Après des années de conflits armés et de désordre, la lignée royale du Xulhabi l'emportait sur tout. Les volontés particulières comme les projets d'avenir. Il était de son devoir de donner un héritier à son peuple, et maintenant un seul obstacle se dressait devant lui : Caitlin Fraser.

Kadir se méfiait de Caitlin. Pourquoi lui ferait-il confiance, quand elle avait montré tant de mauvaise volonté à le laisser faire connaissance avec son fils ? « Quelques dates dans l'agenda » : voilà tout ce qu'elle envisageait de lui accorder ! Comme s'il était question d'organiser un dîner ! Comment savoir si elle ne comptait pas disparaître dans la nature dès qu'il aurait le dos tourné ? Certes, il disposait des ressources nécessaires pour la retrouver, mais, s'il devait en arriver là, ce serait une situation déplaisante pour tout le monde. Et plus particulièrement pour Cameron.

— Lâche ce couteau, Caitlin, ordonna-t-il d'une voix douce.

— Pas avant que tu n'acceptes de me reconduire en Écosse, répliqua-t-elle en se tortillant pour échapper à son étreinte.

Il luttait pour ignorer l'érection qui tendait son corps, et résister à l'envie violente de l'embrasser.

— Lâche-le immédiatement, répéta-t-il. Sinon je me verrais contraint de te faire examiner par un médecin du palais à notre arrivée, et je ne doute pas qu'il te déclarera mentalement inapte à t'occuper de notre fils.

La menace porta ses fruits, car elle lâcha immédiatement le coupe-papier qui tomba sur la moquette.

— Tu n'oserais pas…, fit-elle, le regard chargé de méfiance.

— Oh si. Je ne reculerai devant rien pour obtenir gain de cause, tu peux me croire, même si c'est la dernière chose que j'ai envie de faire. Tu mets ma patience à l'épreuve, Caitlin.

— Ta patience ! Cela te va bien de dire ça ! Parce qu'il ne s'agit pas que de Cameron et de moi. Il y a aussi Morag, sur qui tu n'as aucun pouvoir. Qu'a-t-elle fait pour mériter tout cela ? À la première occasion, elle va appeler le Foreign Office pour te dénoncer et leur demander de nous rapatrier dès que possible. Et tu les auras sur le dos, sois-en certain ! Le gouvernement britannique va te jeter en prison. Pour toujours, j'espère. Parce qu'un enlèvement reste un enlèvement, que tu sois le roi du monde ou un simple mortel.

— Quelle imagination débordante ! Si j'étais toi, toutefois, je ne m'emballerais pas. Vérifie d'abord auprès de Morag ce qu'elle pense de tout ça. Peut-être découvriras-tu qu'elle comprend parfaitement mes motivations. Elle s'est montrée plutôt accommodante jusqu'à présent. Ne pourrais-tu pas faire de même ? N'inquiète pas notre fils par une scène d'hystérie. Accepte la situation et essaie d'en tirer le meilleur parti.

— Comment le pourrais-je, alors que j'ignore quelle est la « situation » ?

— Tu le sauras en temps voulu. Nous avons beaucoup de points à discuter concernant l'avenir, une fois que nous serons arrivés au palais.

— Tu ne me donnes pas vraiment le choix, n'est-ce pas ?

— J'ai bien peur que non, Caitlin.

6.

— Je te trouve bien pâle, Caitlin.

— Ça t'étonne ? Après le choc que je viens de recevoir ! Je ne m'attendais pas à ce que notre avion soit détourné en plein vol pour nous conduire contre mon gré dans un trou perdu !

— Je ne décrirais pas le palais royal du Xulhabi comme un trou perdu, et n'espère pas que nous allons poursuivre cette conversation sur ce registre agressif.

La voix de Kadir était aussi douce que l'air tiède dans la cour intérieure où ils se trouvaient. Le frémissement de sa *dishdasha* était le seul bruit que Caitlin percevait, en plus du son cristallin d'une fontaine. Elle fixait obstinément le ciel nocturne parsemé d'étoiles scintillantes pour n'avoir pas à regarder Kadir, car elle ne voulait surtout pas raviver la colère qu'elle maîtrisait difficilement, ni ce troublant désir qu'elle n'arrivait pas davantage à étouffer. Elle devait se concentrer sur l'acte odieux qu'il avait commis. Cet abus de pouvoir avait détruit le peu d'indulgence qu'elle avait commencé à éprouver à son égard.

— Tout ce que j'espère, c'est que tu retrouves la raison, répliqua-t-elle sèchement. Tu ne peux pas enlever les gens comme ça, comme un despote ! Si tu nous laisses rentrer tous les trois chez nous, nous tirerons un trait sur ce qui s'est passé.

— Je pense que c'est toi qui as besoin de te ressaisir,

dit-il avec un calme horripilant. Comment trouves-tu les vêtements que j'ai fait livrer dans ton appartement ? Ils te plaisent ?

Caitlin lui en voulut d'aborder un sujet auquel il lui était difficile de répondre sans avoir l'air *reconnaissant*. En effet, comment pouvait-elle ne pas aimer les tuniques délicates aux couleurs chatoyantes qu'elle avait découvertes dans la penderie de sa suite ? Elles étaient confectionnées dans une étoffe si fine qu'elle avait l'impression, en les touchant, de caresser un nuage. Dans un sursaut de révolte, elle avait voulu ignorer toute cette splendeur et s'habiller normalement. Mais dans ce climat chaud et malgré la climatisation, elle ne pouvait raisonnablement pas porter ses vêtements habituels, essentiellement des pulls et des jupes en tweed. À contrecœur, elle avait donc enfilé une des tuniques et aussitôt elle avait eu l'impression de se transformer en une créature éthérée et incroyablement… *féminine*. Plus consciente de son propre corps qu'à l'ordinaire, elle se sentait en danger au contact de Kadir.

— Ils feront l'affaire pour le moment, répondit-elle sans enthousiasme.

Loin de se formaliser de son humeur maussade, Kadir lui dédia un autre sourire dévastateur.

— Pourquoi n'irions-nous pas nous promener dans les jardins du palais avant le dîner ? C'est magnifique quand ils sont illuminés. L'air frais te fera du bien.

— Je vais te dire ce qui me ferait du bien : trouver quelqu'un qui me conduise à l'aéroport. Je sauterais dans le premier avion et ne serais plus obligée de voir ta mine satisfaite !

— Oh ! Caitlin…, Caitlin, murmura-t-il. Tu te répètes… Tu ne veux pas réellement repartir ce soir, n'est-ce pas ? Alors que Cameron dort tranquillement dans son lit.

Caitlin sentit les battements de son cœur s'accélérer. Si

seulement Kadir pouvait cesser de s'adresser à elle sur ce ton mesuré, comme si elle était une pauvre hystérique et lui l'homme raisonnable, alors qu'il s'était rendu coupable d'enlèvement ! Loin de manifester le moindre remords, il semblait imperméable à son désespoir. C'était comme de se battre contre un mur…

Le plus horripilant, c'est que Kadir s'était montré parfaitement courtois dès l'instant où le cortège de limousines était arrivé au palais. Et que dire du palais ? Ses proportions imposantes, ses tours innombrables, ses coupoles recouvertes d'or et ses fenêtres voûtées l'avaient subjuguée, mais aussi intimidée. Ne voulant pas perturber Cameron, elle s'était obligée à s'adresser avec la plus grande politesse à l'homme qui les avait emmenés ici contre son gré, et ses qualités d'actrice l'avaient surprise elle-même. Pour un observateur extérieur, le cheikh et elle avaient l'air d'être de bons amis, tandis qu'il la guidait à travers les interminables couloirs aux murs de marbre en lui montrant les nombreuses merveilles du palais royal.

— Voici la bibliothèque. De ce côté, tu trouveras tous les classiques de la littérature en anglais. Et mes employés pourront te procurer tous les livres qui n'y sont pas.

— Merci.

Elle fit son possible pour masquer l'enthousiasme qui s'empara d'elle en découvrant les rayonnages de livres reliés.

— Ici, c'est la salle de cinéma.

Caitlin découvrit une salle de projection avec une vingtaine de sièges confortables et un écran aussi grand que le cinéma sur sa petite île.

— J'ai demandé qu'on commande des films pour Cameron… Si tu es d'accord pour qu'il les regarde.

— Merci, répéta-t-elle.

Qu'aurait-elle pu dire d'autre sans paraître ingrate,

mesquine ? Toutefois, ce vernis policé qu'elle affichait pour la galerie ne faisait que masquer l'amère vérité.

Elle avait l'impression de vivre un cauchemar… Forcée de côtoyer un homme qu'elle ne supportait pas, mais qu'elle désirait.

Cameron, quant à lui, avait semblé parfaitement à l'aise depuis leur arrivée. Il s'était comporté comme s'il était né dans ce cadre somptueux, entouré d'une multitude de serviteurs bienveillants. Comprenait-il instinctivement qu'un jour tout cela lui appartiendrait ? Il avait paru si joyeux de découvrir le palais, avant de tomber de sommeil dans sa chambre de rêve…

Pour le bien de son fils, Caitlin n'avait pas osé créer un esclandre en exigeant auprès d'un officiel du palais qu'il les conduise à l'ambassade d'Angleterre pour qu'on les rapatrie. D'autant qu'elle avait découvert avec consternation que Kadir ne s'était pas trompé sur Morag. L'ancienne infirmière n'avait pas réagi avec l'indignation que Caitlin attendait d'elle, bien qu'elle ait été conduite dans un lointain pays désertique.

« Mais nous avons été enlevés ! » s'était exclamée Caitlin, abasourdie.

« C'est ce que tu n'arrêtes pas de répéter, ma chérie, avait répliqué Morag. Mais ça n'a pas l'air de déranger Cameron, donc ça ne me dérange pas non plus. Et le petit a le droit de mieux connaître son père, surtout si celui-ci est un roi. »

Morag avait poussé un soupir, et sa mine extatique l'avait fait ressembler à une jeune fille.

« Un roi du désert ! avait-elle ajouté. Seigneur, cet homme semble tout droit sorti d'un conte de fées ! »

Caitlin n'avait pas reconnu sa vieille amie. Jamais elle n'aurait cru que, sous ses dehors pragmatiques, Morag fût en fait une incurable romantique.

Mais maintenant, Morag s'était retirée dans sa suite, attenante à celle de Cameron. Prétextant la fatigue due au décalage horaire, elle avait décliné l'invitation à dîner et elle avait laissé Caitlin en tête à tête avec Kadir. Cela sentait la préméditation à plein nez.

Certes, tous deux devaient discuter de la « situation », comme osait la qualifier Kadir pour minimiser ses actes hautement répréhensibles. En revanche, Caitlin n'avait absolument pas besoin de se promener au clair de lune dans les spectaculaires jardins du palais. Ce cadre enchanteur incitait au romantisme et lui insufflerait des pensées trop troublantes. Kadir l'embrasserait-il de nouveau ? Cette fois-ci, serait-elle capable de lui dire d'arrêter ?

Elle poussa un soupir de désespoir. Son corps vibrait de toutes ses fibres quand le cheikh sublime était à côté d'elle. C'était comme si son être était programmé pour réagir ainsi à sa présence masculine. Cette vulnérabilité sensuelle était un signal d'alarme pour lui rappeler qu'elle devait absolument rester sur ses gardes.

C'est pour cette raison qu'elle préféra refuser l'invitation de Kadir d'aller se promener, alors qu'elle mourait d'envie de se délecter des fragrances puissantes d'arbres exotiques qui embaumaient les jardins. Il fallait qu'elle soit forte. Elle ne devrait jamais oublier qu'elle se trouvait sur le terrain de Kadir, et qu'il était le roi. Un roi tout-puissant, avec une armée de domestiques zélés à son service et sans contact apparent avec le monde extérieur.

— Non, merci, dit-elle alors qu'une horloge sonnait au loin les huit coups de 20 heures. J'aime autant passer tout de suite à table. Nous discuterons enfin de notre avenir, comme tu me l'as promis.

Il la scruta un instant, son regard noir indéchiffrable, avant de s'incliner.

— Comme tu voudras. Je t'en prie, suis-moi.

Tandis qu'ils retournaient à l'intérieur, Kadir eut toutes les peines du monde à ne pas se laisser distraire par la grâce de sa compagne et la façon dont l'étoffe fluide de sa tunique laissait deviner la courbe de ses fesses quand elle marchait. Il s'écarta pour l'inviter à entrer dans l'une des salles à manger les moins intimidantes du palais, où le couvert avait été dressé pour deux. Le cristal et l'or scintillaient, et au centre de la table une guirlande de roses éclaboussait la nappe de son rouge profond. Caitlin parcourut la pièce du regard, et une fois de plus le regard de Kadir fut attiré, comme hypnotisé, par la chevelure flamboyante de la jeune femme, où la lumière chaude des chandeliers attisait des reflets dorés.

Les battements de son cœur s'accélérèrent. En fait, il avait encore du mal à croire qu'elle était ici, ou que son plan audacieux avait fonctionné. Il était conscient qu'en agissant comme il l'avait fait il perpétrait le mythe du cheikh fruste qui s'emparait par la force de ce qui lui faisait envie. Mais cette solution s'était imposée à lui comme la seule possible. Toutefois, n'avait-il pas secrètement savouré de jouer au cheikh dominateur et de montrer à Caitlin qui était aux commandes ? Après tout, ne l'avait-elle pas cherché ? Si elle ne s'était pas montrée aussi intransigeante, tous deux auraient pu discuter comme des parents civilisés de son séjour au Xulhabi avec Cameron.

En réalité, il ne voyait pas d'autre issue que celle qu'il avait choisie. Il n'aurait pas pu rentrer chez lui en laissant son fils derrière lui, même de façon temporaire. Ce n'est pas ainsi qu'il rattraperait le temps perdu.

De nouveau, il eut un pincement de regret à l'idée de toutes ces années de la vie de son fils qu'il avait manquées. Mais, mêlés à ces regrets, d'autres sentiments complexes se faisaient jour, qui le mettaient mal à l'aise. Il ne pouvait pas nier sa part de responsabilité dans cette situation. Tout comme il ne pouvait ignorer le désir intense qu'il éprouvait encore pour Caitlin. Elle ne faisait pourtant aucun effort pour se rendre désirable ! Aujourd'hui comme cinq ans auparavant, elle ne faisait pas montre de la moindre coquetterie.

Soudain las de lutter, il laissa les souvenirs affluer.

La première fois qu'elle avait caressé sa peau nue, il avait cru perdre la raison. Et quand ils avaient fait l'amour... Oh ! Seigneur ! Il avait écarté ses cuisses galbées, puis il avait plongé dans sa moiteur palpitante, ne faisant bientôt plus qu'un avec sa compagne. Souvent, depuis, il s'était demandé si elle avait cet effet sur tous les hommes. Chaque fois qu'elle s'approchait de lui, il ressentait ce besoin viscéral d'être de nouveau en elle.

Quel était le secret de cette attirance incroyable ? Son charme envoûtant résidait-il dans la nuance spectaculaire de sa chevelure de feu qui contrastait si vivement avec la pâleur de sa peau parsemée de taches de rousseur ? Ou dans ses yeux qui rappelaient la couleur du ciel du Xulhabi au printemps, le bleu le plus délicat qu'on puisse imaginer ? Quand il l'avait rencontrée, en Écosse, elle ignorait qui il était, et elle s'était comportée avec un naturel rafraîchissant auquel il n'était pas habitué.

Était-ce cette beauté dénuée d'artifices, combinée à une attirance sexuelle inouïe, qui avait gravé le souvenir de la jeune femme dans sa mémoire ? C'était le visage de Caitlin qui l'avait hanté durant les années de lutte, et il s'était fait une promesse durant ces heures sombres. *Si je survis, alors je dois la revoir.*

Cette perspective lui avait donné un but et l'avait aidé à surmonter la souffrance causée par sa blessure, ainsi qu'à survivre deux jours dans le désert, alors qu'il était privé d'eau. Il avait failli mourir lors de cette dernière bataille sanglante au cours de laquelle il avait perdu son meilleur ami, qui était aussi l'un de ses plus sûrs alliés.

Rasim avait été comme un frère pour lui. Malgré sa force et son côté invincible, il avait péri durant la bataille et avait poussé son dernier souffle dans ses bras. Alors que Kadir contemplait les traits sans vie de son ami, il avait failli sombrer. Mais l'image de Caitlin s'était imposée à son esprit, l'arrachant au gouffre du désespoir.

Depuis ce jour-là, Kadir avait associé la jeune femme à sa résurrection.

Chassant ses souvenirs, il se concentra sur son invitée, installée face à lui à la grande table. Comme elle contemplait d'un air dubitatif la rangée de couteaux en or massif placés à côté de son assiette, il vola à son secours.

— Va de l'extérieur vers l'intérieur.

— Je *sais*, répliqua-t-elle. Je vis peut-être sur une île, mais j'ai déjà mangé au restaurant !

Sa véhémence le fit éclater de rire. Du coin de l'œil, il aperçut l'un des serviteurs qui le regardait les yeux écarquillés, avant de se mettre précipitamment à disposer les boissons sur un plateau. Kadir se demanda depuis combien de temps il n'avait pas ri aux éclats.

— Je te prie d'excuser ma présomption, murmura-t-il.

— J'ai l'impression que ça fait partie de ta personnalité.

— C'est le job qui veut ça. Les gens n'attendent pas de leur chef qu'il tergiverse. Ils sont rassurés s'il est capable de trancher et de prendre la bonne décision.

— Tu prends toujours la bonne décision ?

— Pas toujours, admit-il avec une franchise qui la déconcerta. Mais en fin de compte, oui.

— Quel ego surdimensionné !

Il ne prit pas la peine de se défendre. Il haussa les épaules avec une pointe de fatalisme, puis attendit que les serviteurs aient apporté les spécialités locales et rempli leurs verres avant de leur ordonner de les laisser seuls.

— Alors ? commença-t-il quand ils eurent tous les deux avalé quelques bouchées sans grand appétit. J'espère que tu es satisfaite de tes appartements ?

Elle poussa un soupir excédé et laissa retomber sa fourchette dans son assiette dans un mouvement d'irritation.

— Je ne vais pas me plaindre d'une enfilade de pièces aussi grande qu'un stade de foot ! Ni du fait que je ne peux pas éternuer sans qu'un domestique se précipite pour savoir si je désire quelque chose.

— Je vais prendre ça pour un « oui ».

Elle but une gorgée d'eau avant de reprendre.

— Kadir, nous ne pouvons pas nous conduire comme si rien d'anormal ne s'était passé. Je veux que tu nous laisses rentrer chez nous. Tous les trois.

— En théorie, rien ne t'empêche de partir.

— En théorie, oui. Mais tu sais parfaitement que je n'ai aucun moyen de me rendre à l'aéroport. Et, bien que la plupart de tes domestiques parlent anglais, chaque fois que je demande une voiture, tout le monde fait mine de ne pas me comprendre. Lorsque je veux utiliser mon téléphone, je n'ai pas de réseau. Impossible d'appeler ou d'aller sur Internet. C'est à se demander si un esprit malintentionné n'aurait pas mis un brouilleur dans mes appartements.

— Il n'y a aucune mauvaise intention derrière ce phénomène. La connexion au réseau est très mauvaise ici. Nous sommes au milieu du désert, ne l'oublie pas.

— Je ne l'oublie pas ! C'est justement pourquoi je te demande de nous laisser partir.

Il l'étudia quelques instants.

— Tu sais parfaitement que je ne peux pas faire ça, Caitlin.

— Tu ne peux pas, ou tu ne veux pas ?

Malgré lui, Kadir sentit un nouveau sourire étirer ses lèvres, car l'obstination de Caitlin avait quelque chose d'excitant. Hélas, la vigueur de son érection l'empêchait d'aligner deux pensées cohérentes. Comment se concentrer quand il ne songeait qu'à se repaître du corps nu de Caitlin ? À force de volonté, il réussit à écarter ces pensées troublantes. Rien ne devait le détourner de son but initial.

— Tout ce que je te demande, c'est de laisser le temps à Cameron d'apprendre à me connaître. J'aimerais faire avec lui ces choses que je lui ai promises. Lui montrer les écuries du palais et lui faire visiter Azraq. Je veux aussi lui apprendre à jouer aux échecs et lui raconter les exploits de ses ancêtres. Il ignore tout de la richesse culturelle immense de ce pays. N'est-ce pas juste de faire comprendre à ce garçon qu'une partie de lui-même vient du Xulhabi, tout comme l'autre vient d'Écosse ?

Elle prit tout son temps pour croquer pensivement la tranche de pêche qui décorait son verre de thé glacé. Enfin, elle paraissait apprécier la nourriture qu'on lui servait, et il fut surpris du plaisir que ce constat lui procurait.

— Et après, tu nous laisseras partir ? dit-elle finalement.

La bienveillance de Kadir s'évanouit. Ne comprenait-elle pas où il voulait en venir, ou faisait-elle l'autruche ? À moins que… Il avait peut-être été trop vague quant à ses projets. Non, il n'avait pas l'intention de les laisser partir.

Que ferait Caitlin, de retour en Écosse ? Elle retrouverait sa vie d'avant, puis épouserait un homme quelconque. Quant à leur fils, il serait élevé comme un garçon ordinaire sur leur île… Comment Kadir pourrait-il accepter un tel scénario ?

Pas question pourtant d'abattre ses cartes trop brutalement : il devait gagner du temps.

— Si c'est vraiment ce que tu veux… bien sûr, je te

laisserai partir. Tout ce que je te demande, c'est d'abord de mieux connaître le Xulhabi.

— Combien de temps devrons-nous rester ?

— Disons… quelques semaines ?

Elle hésita un long moment.

— D'accord.

— Parfait, répondit-il, soulagé. Et maintenant, parlons d'autre chose. Nous avons abordé tant de sujets…

— Tu plaisantes, n'est-ce pas ?

Déterminé à ne pas se laisser interrompre, il contint le sourire qui lui venait naturellement aux lèvres.

— Sauf un sujet qui est pourtant essentiel, poursuivit-il d'un ton amène.

— Ah oui ? Et de quoi s'agit-il ?

— Jusqu'à présent, nous n'avons parlé que de moi. Il est temps que tu me parles de ton passé, Caitlin Fraser, tu ne penses pas ?

7.

Caitlin s'apprêtait à piocher une amande salée dans une coupelle, mais, déconcertée par la demande de Kadir, elle suspendit son geste.

— Et… que veux-tu savoir exactement sur mon passé ? balbutia-t-elle.

— Les détails habituels. Où tu es née et où tu as passé ton enfance. Au fond, je ne sais pratiquement rien sur la mère de mon enfant.

La gorge sèche, elle repoussa la coupelle de fruits secs.

— Les espions que tu as envoyés à ma recherche ne t'ont-ils pas renseigné ?

— Mon émissaire est revenu avec très peu d'informations concrètes, admit-il. Il a découvert où tu vivais, que tu avais un fils qui me ressemblait de façon troublante, et que ta mère était morte il y a longtemps. À part ça, rien. Ah, si ! Le nom de ton père ne figure pas sur ton acte de naissance.

— Tu as eu accès à mon acte de naissance ? s'exclama-t-elle, offusquée.

— Pourquoi pas ? demanda-t-il sans se démonter.

Caitlin soutint son regard intense, bien qu'elle sentît une menace sourde peser sur elle. Tout le monde a un secret qu'il préfère ne pas voir étalé au grand jour, et Kadir était sur le point de découvrir le sien.

Elle n'avait jamais évoqué ce sujet avec quiconque, sans

doute parce qu'elle était du genre farouche et peu encline à se lier aux autres. En fait, Kadir était le seul avec qui elle avait cru établir une connexion. N'était-ce pas pathétique de considérer les douze heures qu'elle avait passées avec lui comme les plus significatives de toute son existence ?

Quoi qu'il en soit, ces heures avaient produit un enfant magnifique. L'enfant de Kadir.

Au fond, il était naturel qu'il veuille en savoir plus sur elle. N'avait-il pas accepté, de son côté, de lui révéler la réalité sordide de son mariage ?

Toutefois, ce n'était pas facile pour elle d'aborder un sujet encore douloureux, après toutes ces années. La plaie n'avait jamais cicatrisé.

— Le nom de mon père ne figure pas sur mon acte de naissance parce qu'il avait déjà une femme et d'autres enfants. En fait, il avait fait son possible pour dissuader ma mère de mener sa grossesse à terme. Heureusement pour moi, elle ne l'a pas écouté. C'est bien la seule chose sensée qu'elle ait accomplie pendant toute mon enfance.

Sur ces mots, elle laissa échapper un rire plein d'amertume.

— Caitlin…

— Peut-être que tu comprends mieux maintenant le choc que j'ai reçu quand j'ai appris que tu étais marié.

— Je commence à comprendre l'impact que cette découverte a dû avoir sur toi, dit-il d'une voix où elle crut déceler de la compassion. Ainsi, ta mère a eu une aventure avec un homme marié…

Comme toi. Le non-dit flotta entre eux pendant quelques instants, et Caitlin se sentit rougir.

— Notre histoire n'a rien à voir avec celle de mes parents. Ma mère savait que mon père était marié. Elle a fait son choix en toute connaissance de cause.

Il tressaillit, mais curieusement son embarras ne lui apporta aucune satisfaction.

— Elle travaillait pour lui, du moins jusqu'à ce qu'elle tombe enceinte. Elle a démissionné, officiellement de son plein gré, mais en réalité il lui a demandé de partir. Leur liaison a continué pendant des années, car il promettait toujours à ma mère qu'il divorcerait et l'épouserait. Ce qu'il n'a jamais fait, bien entendu.

— L'as-tu rencontré ?

— Une fois seulement, mais j'étais trop jeune pour m'en souvenir. À moins que je l'aie effacé volontairement de ma mémoire… Apparemment, il n'était pas vraiment enchanté d'avoir un enfant illégitime. Un enfant qui risquait de remettre en question sa vie confortable de chef d'entreprise. Puis tout a dégénéré. Ma mère a commencé à devenir exigeante. Elle lui lançait des ultimatums répétés, dont il ne tenait jamais compte. C'est devenu un cercle infernal. Voyant qu'elle n'arrivait pas à ses fins, elle l'a menacé d'appeler sa femme et de lui parler de moi… Alors, il lui a appris qu'il s'était déjà « confessé » à son épouse.

Le terme de confession avait particulièrement marqué Caitlin, car, pour elle, il était associé au péché. Le poids de ce « péché » qui avait présidé à sa naissance avait-il eu un rôle dans la difficulté qu'elle avait elle-même rencontrée dans ses rapports avec le sexe opposé, à partir de l'adolescence ? Elle ne s'attarda cependant pas sur cette question qui n'était pas pertinente pour l'instant. Kadir dardait toujours son regard magnifique sur elle, et son attention bienveillante lui donna le courage de poursuivre son récit. Il le fallait, car ils ne pouvaient rester des étrangers l'un pour l'autre.

— Il lui a dit qu'il ne voulait plus jamais nous revoir. Ni elle, ni moi.

Seigneur ! Pourquoi sa voix s'était-elle mise à trembler ? Que lui importait d'avoir été rejetée par un homme qui n'avait pas souhaité qu'elle naisse ? Elle s'éclaircit la gorge, but une gorgée de jus de grenade et poursuivit :

— Et il ne l'a plus jamais revue. Nous avions déménagé à Cromarty, à l'époque. Ma mère ne s'est jamais vraiment remise de s'être fait plaquer. Elle a sombré dans la dépression. Quand elle a appris qu'il était mort très soudainement, elle a voulu que nous allions à l'enterrement.

À ce souvenir, elle frissonna et regretta de n'avoir pas emporté un de ses épais pulls écossais pour venir dîner.

À l'époque, Caitlin, qui n'avait que huit ans, n'avait pas réussi à dissuader sa mère de se rendre à la cérémonie. Cette dernière l'y avait emmenée, légèrement ivre et très déterminée. Alors, Caitlin avait découvert que son père avait été un homme riche et puissant. Elle se souvenait encore de l'odeur entêtante des lys blancs qui ornaient l'entrée de la grande église et l'étonnement sur le visage de la famille endeuillée lorsque sa mère et elle étaient apparues. Le visage caché sous un voile noir et pleurant à chaudes larmes, sa mère l'avait entraînée vers l'entrée, mais quelqu'un avait dû deviner qui elles étaient.

— Et… que s'est-il passé ? demanda Kadir.

Caitlin se mordilla les lèvres. Cela avait été le moment le plus embarrassant de sa vie.

— De toute évidence, notre présence n'était pas souhaitée. Deux jeunes femmes très belles se sont avancées vers nous. Elles devaient avoir une dizaine d'années de plus que moi. Leurs visages étaient glaciaux et leurs yeux pleins de mépris. Je me souviens que leurs lèvres bougeaient à peine quand elles nous ont dit de partir avant qu'elles appellent la sécurité. J'ai découvert par la suite qu'elles étaient aussi ses filles – ses filles légitimes.

Kadir tapa du poing sur la table, faisant s'entrechoquer les couteaux et les fourchettes en or… et sursauter Caitlin.

— Bon sang ! Pourquoi ne m'as-tu pas raconté cela plus tôt ?

— À quel moment aurais-je pu te raconter mon histoire, Kadir ? Nous n'avons pas beaucoup parlé lors de notre première rencontre, si mes souvenirs sont bons. Et reconnais que ce n'est pas le sujet le plus facile pour rompre la glace. Quand tu m'as retrouvée, tu étais trop en colère et déterminé à prendre le contrôle de nos vies pour que j'aie envie de me confier à toi. Et puis, quelle différence cela fait-il ?

Pendant un long moment, Kadir se contenta de fixer l'horizon. Il ne savait pas comment l'exprimer, mais l'histoire de Caitlin *faisait* bel et bien une différence. Son cœur se serra à la pensée du chagrin et de l'humiliation qu'elle avait subis lorsqu'on l'avait chassée de l'église. S'il avait eu connaissance de ces faits, l'aurait-il obligée à venir ici contre son gré ? Il éprouva un pincement de culpabilité. En fait, il n'en savait rien. Mais il pouvait certainement faire preuve d'un peu plus de considération à son égard à partir de maintenant.

— Il est tard, et tu dois tomber de sommeil, dit-il en se levant. Je pense que nous avons assez discuté pour ce soir. Viens, Caitlin, je te raccompagne jusqu'à ta suite.

Pendant un instant, elle parut désarçonnée par sa gentillesse, puis elle le remercia et se leva à son tour dans un chuchotement de soie bleue.

Ils se dirigèrent vers l'aile où se trouvaient les appartements de Caitlin. De temps en temps, Kadir interrompait le silence pour lui signaler des œuvres d'art particulièrement remarquables. Il s'arrêta même pour lui montrer la fenêtre circulaire par laquelle, douze fois par an, on pouvait voir la pleine lune. Caitlin répondait par des commentaires appropriés à ses explications, mais il lui trouva l'air préoccupé. Lorsqu'ils arrivèrent finalement à la porte de sa suite, l'incertitude assombrissait le beau visage féminin, et il eut mauvaise conscience.

— Puis-je te poser une question ? demanda-t-elle.

Il ne put retenir une moue ironique.

— Tu ne t'es pas gênée jusqu'à présent.

— Ce n'est pas pour autant que j'ai obtenu quoi que ce soit, rétorqua-t-elle. Mais il s'agit de quelque chose de différent.

— Oh ?

Elle joua nerveusement avec ses doigts avant de lever les yeux vers lui.

— C'est important que nous surveillions la façon dont Cameron s'adapte à la situation. Si nous voyons qu'il est malheureux, ou que la maison lui manque… Si, par exemple, Hamish lui manque…

La jalousie planta son dard acéré dans sa poitrine à la mention de ce nom d'homme.

— Qui est Hamish ?

— Son hamster. Mme McTavish le garde pour l'instant. Elle a deux autres rongeurs, donc ça ne la gêne pas.

Elle s'interrompit un instant, hésitante.

— Si, pour une raison ou une autre, Cameron veut rentrer à la maison dans quelques jours… le laisseras-tu ?

Kadir dut reconnaître que la manœuvre était habile. En effet, il ne pouvait pas prétendre vouloir être un bon père s'il était prêt à rendre son enfant malheureux. Aussi choisit-il avec soin les mots qu'il allait prononcer.

— Comment pourrais-je répondre « non » à cette question ? Alors, c'est oui. Tout ce que je te demande en retour, c'est que tu ne fasses rien pour influencer sa décision.

Elle soutint son regard pendant un long moment.

— Touché ! murmura-t-elle finalement.

Puis elle sourit. C'était un sourire contrit, mais c'était le premier qu'elle lui adressait depuis qu'elle était revenue dans sa vie et il en fut ébloui. Fasciné par ses prunelles bleu clair, il fut soudain incapable de détourner son regard.

Vêtue de la tunique traditionnelle que portaient les femmes de la haute société du Xulhabi, elle lui était à la fois étrangère et profondément familière. Sa longue chevelure cuivrée retombait en cascade dans son dos, et Kadir mourait d'envie de plonger ses doigts dans leur masse soyeuse.

S'il l'embrassait maintenant, il ne rencontrerait aucune opposition. Mais le désir ne devait pas l'aveugler : Caitlin Fraser lui avait déjà fait perdre la tête une fois, et il ne prendrait pas ce risque à nouveau. Pas maintenant. Pas avant d'avoir atteint l'objectif qu'il s'était fixé.

Sa priorité était Cameron, et le Xulhabi.

Ses propres désirs devaient s'effacer… Pour l'instant.

8.

Caitlin n'arrivait pas à dormir.

Le souvenir du dîner en compagnie de Kadir tournait en boucle dans son esprit. Elle n'en revenait pas de la facilité avec laquelle elle s'était confiée à lui. Alors qu'il l'avait enlevée, elle s'était sentie suffisamment en confiance avec Kadir pour se montrer franche avec lui. Quand il l'avait raccompagnée devant la porte de sa suite, elle avait cru qu'il allait l'embrasser. Il n'en avait rien fait. Or, au lieu d'éprouver du soulagement, elle avait souhaité plus que tout se lover dans la chaleur de ses bras !

Après avoir vérifié que Cameron dormait paisiblement, elle s'était couchée, mais des pensées interdites l'avaient tenue éveillée, en proie aux images sensuelles qui l'assaillaient. Comment aurait-elle pu trouver le sommeil alors qu'il suffisait qu'elle ferme les yeux pour sentir les mains et les lèvres de Kadir parcourir chaque parcelle de son corps ? La puissance des sensations la mit en nage et, elle eut beau se retourner entre les draps, elle n'arriva pas à chasser l'excitation sexuelle qui la torturait.

Elle finit par abandonner l'idée de dormir. Il faisait encore nuit. Pourtant, elle se leva afin de prendre une douche. Le puissant jet d'eau l'aida à se détendre. Lorsque le soleil pointa à l'horizon, elle était habillée et prête à attaquer la journée.

Assise sur son lit, elle attendit que Cameron se réveille

en admirant les teintes rose et or du jour qui se levait sur le jardin. Elle avait donné sa parole à Kadir qu'elle n'essaierait pas d'influencer leur fils, mais elle était persuadée que le petit garçon finirait par avoir le mal du pays. En réalité, elle ne pouvait pas croire que Cameron voudrait rester dans cet endroit si éloigné de son environnement familier, car cela reviendrait à envisager un avenir qui la terrifiait. Un avenir dans lequel sa propre position demeurerait incertaine. Quelle place aurait-elle dans ce pays où la culture était si différente de la sienne ? Serait-elle l'étrangère qu'on tolère parce qu'elle est la mère du futur roi ?

Bercée par le tic-tac de l'horloge, elle finit par s'assoupir. Au moment où elle rouvrit les yeux, il faisait grand jour et elle perçut des signes d'animation dans les couloirs du palais. Bondissant du lit, elle se précipita dans la suite adjacente à la sienne, où elle découvrit le lit de Cameron…

Vide.

Elle se rua aussitôt dans la chambre de Morag. Elle ne reconnut d'abord pas son amie, car, au lieu de l'habituel pantalon à taille élastique et d'un haut confortable, celle-ci portait une tenue traditionnelle qui dissimulait ses formes généreuses. Assise à côté d'une servante, elle pliait et rangeait des morceaux de tissu en une pile bien ordonnée.

— Où est Cameron ? demanda-t-elle de but en blanc.

Morgan la gratifia d'un large sourire.

— Oh ! il est debout depuis une éternité ! Il courait dans tous les sens, excité comme une puce. Le cheikh l'a emmené aux écuries.

— Sans avoir déjeuné ?

— Le cheikh a dit qu'ils déjeuneraient à leur retour.

Au prix d'un effort surhumain, Caitlin parvint à garder son calme.

— Vraiment ? Tu aurais dû me réveiller.

— Le cheikh a dit que tu devais être fatiguée après notre long voyage et que nous devrions te laisser dormir.

— Ben voyons !

Elle se retint de faire remarquer à Morag qu'elle ressemblait à un perroquet avec ses « cheikh ceci » et « cheikh cela ». À quoi bon passer sa colère sur la mauvaise personne ? Affichant son sourire le plus avenant, elle se tourna vers la domestique.

— Pouvez-vous me montrer le chemin des écuries ?

— Certainement, madame. Je vais chercher Makim, qui vous y conduira.

Elle revint quelques minutes plus tard en compagnie de l'assistant de Kadir qui, tout en bavardant cordialement, la guida à travers un dédale de couloirs dans lequel elle se serait perdue sans lui. Il n'obtint que des réponses monosyllabiques, car elle préférait ne pas parler par peur de laisser exploser sa colère.

Sa furie retomba cependant quand ils gagnèrent les écuries du palais. La scène qu'elle découvrit lui fit l'effet d'un cataclysme émotionnel. C'était tellement… inattendu.

Cameron était dans les bras de son père, ses bras d'enfant fermement noués autour du cou du cheikh qui murmurait doucement à l'oreille d'un cheval magnifique. Ils formaient un tableau tellement parfait qu'elle regretta de n'avoir pas son appareil-photo sous la main. Mais une fois l'effet de surprise passé, une angoisse sourde l'envahit. Jamais elle ne s'était sentie aussi inutile en tant que mère. Ou aussi exclue.

Malgré la chaleur, elle frissonna. Elle était une étrangère, une intruse qui n'avait pas le droit d'être là. Surmontant la peur qui la tétanisait, elle fit un pas en avant. Kadir dut l'entendre, car il se tourna lentement vers elle. La lueur déterminée qui traversa brièvement son regard lui confirma son obscur pressentiment.

— Caitlin, murmura-t-il.

Elle détesta frémir en l'entendant prononcer son nom. Kadir s'était baissé pour poser Cameron par terre, et le petit garçon se précipita vers elle, des étoiles dans les yeux.

— Maman, maman ! Papa va me donner un poney pour que j'apprenne à monter à cheval ! Il a dit que je pourrai le choisir !

Le regard plein d'espoir qu'il leva sur elle fit fondre son cœur, et elle se baissa pour l'embrasser sur la joue. Que pouvait-elle dire ? « Tu n'as pas besoin d'un cheval, mon cœur, car tu ne resteras sans doute pas ici assez longtemps pour apprendre à le monter. » Non, c'eût été mesquin. Autant lui annoncer que le Père Noël n'existait pas ! Quoi qu'il lui en coûte, elle résolut d'adopter une attitude positive pour ne pas causer de peine à son fils.

— C'est super, mon chéri. J'espère que tu as dit merci ?

— Oui, il l'a dit, intervint Kadir de sa voix veloutée. Cet enfant est très bien élevé.

Caitlin s'était remise de son choc, et la colère avait repris le dessus sur la sidération. Pensait-il lui faire oublier sa conduite inqualifiable en flattant sa fierté maternelle ? Elle avait l'impression d'être manipulée et elle détestait ça.

— Je suis ravie de l'entendre, dit-elle, avant de se tourner vers son fils. Si nous allions prendre le petit déjeuner maintenant ?

Le petit déjeuner était apparemment un maigre substitut à la visite d'une écurie pleine de pur-sang hennissant et piaffant, mais Cameron acquiesça et prit la main que sa mère lui tendait.

Elle croisa de nouveau le regard de Kadir et espéra qu'il lisait dans ses yeux à quel point elle était contrariée.

— Tu voudras bien nous excuser ? dit-elle.

— Bien sûr, répondit-il en s'inclinant légèrement. Makim

va vous montrer le chemin. Du travail m'attend. Tu ne m'en voudras pas de ne pas me joindre à vous, j'espère ?

— Pas du tout, répondit-elle en toute franchise.

La compagnie de Kadir était bien la dernière chose dont elle avait besoin en ce moment. En présence de Makim, au moins, elle n'était pas assaillie de doutes et de sentiments confus. Des sentiments stupides et contradictoires qui la rendaient bêtement sensible au charisme du cheikh, en dépit de son attitude despotique.

Une fois assise à la table où le petit déjeuner avait été servi, Caitlin se força à manger quelque chose, malgré sa gorge nouée. Elle se sentait complètement désemparée. Les événements s'étaient enchaînés si vite… Peut-être était-il temps qu'elle tienne tête à l'homme qui voulait régenter son existence et celle de leur fils comme il gouvernait son royaume.

Elle passa une grande partie de la matinée avec Cameron dans la piscine. Après le déjeuner, ils explorèrent le palais et les jardins. Ensuite, ils jouèrent au ping-pong dans la salle de jeux et regardèrent un dessin animé qui racontait les exploits d'une sirène qui avait les cheveux du même roux que Caitlin. Ils s'apprêtaient à se mettre à table pour dîner de bonne heure avec Morag quand Kadir les rejoignit, annoncé par les courbettes empressées d'une armée de serviteurs. Au grand désespoir de Caitlin, son cœur se mit à battre la chamade dès qu'il apparut dans l'encadrement de la porte de la somptueuse salle à manger.

— Vous permettez que je me joigne à vous ?

Comment aurait-elle pu refuser, alors que Cameron poussait déjà des cris de joie et que Morag l'accueillait avec un sourire radieux ?

— Bien sûr ! répondit-elle d'un ton posé. Mais nous

ne voudrions pas chambouler ton agenda si tu préfères dîner à 20 heures.

Kadir comprit-il qu'elle se serait volontiers passée de sa présence ? La lueur qui fit étinceler ses prunelles noires indiqua à Caitlin qu'il avait reçu le message cinq sur cinq, mais il ne s'en dirigea pas moins vers la table, où il s'assit à côté de Cameron.

— C'est gentil de t'inquiéter pour moi, mais un peu de distraction ne me fera pas de mal. Je suis conscient que je devrai adapter ma routine, si je veux me ménager des moments précieux avec mon fils. Et tous les experts ne s'accordent-ils pas à dire que dîner tôt est bon pour la santé ?

Décidément, il avait réponse à tout ! Prenant son mal en patience, Caitlin se mit à manger. Kadir expliquait la composition des plats exotiques à Cameron. À d'autres moments, il bavardait, affable, avec Morag, qui lui avoua qu'elle était friande de romans historiques. En hôte parfait, il la lança sur le sujet sur lequel elle se révéla intarissable.

Pendant tout ce temps, Caitlin devait assister, impuissante, à cette opération de séduction. Parfois, leurs regards se croisaient, et elle pouvait lire dans celui de son ancien amant une lueur moqueuse qui l'invitait à se joindre à la conversation animée. Mais elle n'était pas d'humeur à échanger des propos anodins. Au contraire, elle était impatiente de discuter avec Kadir des règles qu'ils devaient fixer concernant leur fils pendant leur séjour ici.

Quand le repas fut terminé et que Morag emmena Cameron pour le coucher, Caitlin se tourna vers Kadir qui s'apprêtait à se lever de table à son tour.

— Pourrais-je te parler, s'il te plaît ?

— Tu as eu l'opportunité de me parler toute la soirée, or tu n'as pas ouvert la bouche !

— C'est une conversation que je ne voulais pas avoir devant Cameron et Morag.

— Pourquoi ?

Sa question directe la prit au dépourvu. Quelle explication pourrait-elle lui donner, sans passer pour une égoïste ?

— Eh bien…, bredouilla-t-elle.

— Écoute…, dit-il en jetant un rapide coup d'œil à sa montre en or. Je suis pris tout le reste de la soirée et de la journée demain. Je te propose un rendez-vous mercredi après-midi. D'ici là, tu auras eu le temps de décider ce dont tu veux absolument parler avec moi. Disons à 15 heures, dans mon bureau ?

Elle aurait voulu lui dire qu'elle n'appréciait pas qu'il lui parle comme à une écervelée, mais les mots lui manquèrent de nouveau et elle se contenta d'acquiescer. Après tout, n'était-ce pas la chose raisonnable à faire ? Elle aurait le temps de dresser par écrit la liste des questions qu'elle voulait aborder, comme elle le faisait chaque fois qu'elle devait conduire Cameron chez le médecin.

— C'est parfait.

Mais elle se sentait tout sauf rassurée lorsqu'un assistant la conduisit au bureau du cheikh à l'heure dite, le surlendemain. Sa nervosité n'avait fait que grandir au cours des deux derniers jours et, quand elle arriva devant la porte du bureau, ses nerfs étaient à fleur de peau. Aurait-elle le courage de dicter ses conditions à Kadir ? *Oui, oui et mille fois oui !* Il avait beau être le cheikh, elle n'était pas l'un de ses sujets.

L'aile du palais où se situait le centre du pouvoir était très différente de l'aile résidentielle. Il y régnait une atmosphère d'activité et de travail. Elle traversa plusieurs pièces avant d'être introduite dans le vaste bureau du monarque.

Celui-ci n'était apparemment pas encore là, et elle en

profita pour étudier les lieux, à la recherche d'indices sur son occupant. Un vaste bureau dominait un côté de la pièce, sur lequel étaient posés un pot contenant des stylos en or, un ordinateur et une rangée de téléphones. À l'autre extrémité de la pièce, devant l'une des grandes fenêtres donnant sur les jardins, se trouvaient un canapé et deux fauteuils. Des roses orange dans un magnifique vase en cristal ajoutaient une note colorée, et sur un petit secrétaire en marqueterie se trouvait un cadre avec la photo d'un homme. C'était la seule touche personnelle dans ce bureau plutôt neutre. Pas de photo de la mère du cheikh, remarqua-t-elle. Pas encore de photo de Cameron, non plus.

Poussée par la curiosité, Caitlin s'approcha du secrétaire. L'homme sur le cliché devait avoir une trentaine d'années. Vêtu d'une tenue militaire, il était très séduisant. Elle crut un instant qu'il s'agissait du père de Kadir, jeune, mais l'image lui semblait trop récente.

— Oh… tu es arrivée.

La voix profonde de Kadir interrompit son inspection. Elle pria pour qu'il ne remarque pas les battements frénétiques de son cœur qui soulevait imperceptiblement l'étoffe de sa tunique sur sa poitrine.

Kadir s'attendait à ce que Caitlin lui pose des questions au sujet de la photo qu'elle contemplait à son arrivée, mais elle s'en abstint. Tant mieux, il n'avait pas envie d'évoquer le passé maintenant. En fait, la présence même de Caitlin en ces lieux était troublante, car aucune femme n'avait jamais été autorisée à pénétrer dans son sanctuaire. Seuls quelques rares conseillers y étaient admis exceptionnellement. Toutefois, il avait tenu à la recevoir loin de la distraction que représentaient leur fils et sa nounou, ou des regards curieux du personnel du palais.

— Alors, Caitlin… de quoi voulais-tu me parler ?

— Je pense que nous devons mettre les choses au clair. Je ne veux pas t'empêcher de débarquer à l'improviste au moment des repas, bien entendu…

— Comme c'est généreux de ta part.

Elle poursuivit, sans tenir compte de sa remarque ironique.

— Mais à l'avenir, j'aimerais que tu n'emmènes pas Cameron faire du cheval sans me consulter auparavant.

— Que voulais-tu que je fasse, au juste ?

— Tu aurais dû me réveiller.

— Cameron est allé dans ta chambre ; il voulait te demander l'autorisation de sortir. Mais il a vu que tu dormais profondément. J'ai donc décidé qu'il valait mieux ne pas te réveiller.

— C'était l'occasion rêvée pour toi de mettre le grappin sur Cameron. D'être seul avec lui afin de l'influencer.

— L'influencer ?

— Eh bien, peut-être t'es-tu mis en tête de le monter contre moi ?

— Tu crois vraiment que je ferais une chose pareille ? demanda-t-il, étonné.

— Comment saurais-je de quoi tu es capable, Kadir ? Tu n'as pas hésité à nous enlever. Je m'attends à tout de ta part ! Cameron vient d'arriver dans un lieu nouveau pour lui. Et quel lieu ! Un palais ! Il aurait pu être perturbé.

— Mais il ne semble pas l'être ! Et Morag était d'accord avec moi.

— Évidemment ! Elle te mangerait dans la main !

— On ne peut pas dire la même chose de toi…, fit-il remarquer d'un ton désabusé. Allez, dis-moi ce qui te préoccupe vraiment.

Elle tordit nerveusement les mains.

— Si tu commences à lui promettre monts et merveilles…

cela va créer des problèmes. Tu imagines bien que tout ce que tu peux lui offrir est incroyablement séduisant pour un garçon de son âge ? Des poneys, des piscines, et que sais-je encore ? Quand il retournera à sa vie d'avant, sa vie *normale*, sur une petite île au large de l'Écosse, la réadaptation risque d'être difficile.

Une tristesse inattendue l'étreignit lorsqu'il comprit que Caitlin pensait sérieusement que Cameron et elle retrouveraient une vie normale un jour.

— Mais ceci est votre nouvelle « vie normale », Caitlin, dit-il d'une voix douce. Tu ferais bien de t'y habituer.

L'incrédulité remplaça l'appréhension dans les magnifiques yeux bleus fixés sur lui.

— Qu'est-ce que tu racontes ?

Voulant la ménager autant que possible, il choisit ses mots avec soin.

— L'identité de Cameron ne pourra pas être tenue secrète bien longtemps. Mes assistants me rapportent que tout le monde parle de la ressemblance frappante entre Cameron et moi. C'était inévitable. Tôt ou tard, le monde saura qu'il est mon fils et mon héritier.

— Et n'a-t-il pas son mot à dire ? Ou moi ?

— Il est mon fils. Son destin est écrit dans les étoiles. Penses-tu vraiment que Cameron peut retourner à son ancienne vie à Cromarty et prétendre que rien n'a changé ?

— Pourquoi pas ? Il sera parfaitement en sécurité sur l'île ! Les gens là-bas sont d'une loyauté à toute épreuve pour les leurs. Ils continueront à le traiter comme avant, si je le leur demande.

— Oh ! Caitlin ! Tu es vraiment naïve. Nous ne parlons pas d'un enfant ordinaire, mais d'un futur roi. Les mesures qui doivent être prises pour sa sécurité n'ont rien à voir avec tout ce que tu peux imaginer. Mon royaume vit en paix aujourd'hui, mais cela n'a pas toujours été le cas. Il y a quelques années, nous avons même connu une guerre terrible. Et les guerres créent toujours des ennemis. Cameron pourra être l'objet de menaces extérieures dès l'instant où son identité sera révélée. N'est-ce pas un élément essentiel que tu dois prendre en compte avant de le ramener dans un endroit où il sera exposé ?

La jeune femme mordilla ses lèvres comme si elle faisait un effort pour retenir ses larmes. Or il n'avait pas eu l'intention de la faire pleurer. Et pas seulement parce qu'il se sentait incapable d'affronter une femme en pleurs.

— Caitlin…

Elle repoussa sèchement la main qu'il avait tendue vers elle.

— Je n'ai jamais voulu donner naissance à un futur roi ! s'exclama-t-elle. Mais tu ne m'as pas donné le choix. Si tu m'avais dit qui tu étais, j'aurais pu tourner les talons et m'enfuir !

La douleur qu'il lut dans le regard de sa compagne lui causa un curieux pincement… Ce n'était pas de la mauvaise conscience. C'était un sentiment plus profondément enfoui en lui-même, une émotion troublante qu'il préféra ignorer, mais, quand il parla, sa voix était rauque.

— Tu as raison, j'aurais dû te le dire. Mais je n'ai pas pu. Ce n'était pas une décision consciente, c'est arrivé comme ça, c'est tout. Mais même si je te l'avais dit, tu penses vraiment que tu serais partie, Caitlin ? Moi aussi, j'ai essayé de m'en aller, mais c'était au-dessus de mes forces.

— Je ne vois pas pourquoi tu me dis ça. C'est… sans rapport avec le sujet.

— Au contraire. C'est essentiel pour comprendre ce qui s'est passé alors, et ce qui se passe aujourd'hui. Elle est toujours là, cette… *chose* entre nous, et il semblerait qu'elle ne veuille pas s'en aller. Tu ne penses pas qu'il est temps d'arrêter de lutter, Caitlin ?

— Tu parles de… désir ?

— Oui. De quoi d'autre veux-tu qu'il s'agisse ? Je te désire comme un fou, tu le sais. Et toi aussi, tu me désires. Ton regard et ton corps te trahissent. Pourquoi frissonnes-tu chaque fois que je suis près de toi ? Et crois-tu que je suis de glace ?

En dépit de sa volonté d'être indifférente, Caitlin sentit son corps s'embraser sous le regard ardent dont le cheikh la couvait. Elle était consciente pourtant que cela n'était pas un conte de fées. Kadir ne la séduisait pas en lui faisant miroiter de faux espoirs. Il ne lui parlait pas d'amour, ni de grands sentiments. Il lui avouait sans fard ce qu'il ressentait pour elle. Une puissante attirance, purement physique. Rien de plus, rien de moins. Ne pouvait-elle pas s'en contenter ?

Elle ferma les yeux. Quel mal y avait-il à coucher avec le père de son fils ? N'avait-elle pas le droit d'éprouver du plaisir, comme tout le monde ? La dernière fois, elle était complètement novice. Elle avait commencé à s'imaginer qu'elle était amoureuse de lui, mais cela ne se reproduirait plus. Pas après que Kadir lui avait affirmé qu'il considérait l'amour comme un piège.

Non, elle ne tomberait pas amoureuse de lui. Mais coucher avec lui… ? Ça, elle pouvait.

— Que proposes-tu que nous fassions pour y remédier ? demanda-t-elle dans un souffle.

Il ne s'attendait visiblement pas à une capitulation aussi rapide, car il eut l'air surpris. Mais il se ressaisit rapidement.

— Pour commencer, nous allons boucher la vue.

Il prit une télécommande sur le bureau et appuya sur un bouton. Les rideaux de toutes les fenêtres se fermèrent lentement. Il appuya sur un autre bouton, et la lumière se fit plus tamisée, donnant à la pièce des allures intimes de boudoir.

— Ensuite, je vais t'embrasser.

Il avançait lentement vers elle, comme s'il voulait lui donner l'opportunité de changer d'avis. Mais cela ne fit qu'exacerber son désir. Quand il l'attira dans ses bras, elle brûlait d'impatience.

Déjà, il l'embrassait, et elle répondit avec fougue à son baiser. Comme si elle voulait imprimer sa marque sur ses sublimes lèvres masculines. Entre deux baisers passionnés, il murmurait contre ses lèvres des paroles inintelligibles dont l'intonation fiévreuse l'enivrait.

— Kadir…

Elle prononça son nom dans un soupir, tandis qu'il plaquait une main possessive sur ses seins.

— J'ai envie de toi, murmura-t-il d'une voix rauque.

Alors, il la souleva dans ses bras et l'emporta à l'autre extrémité de la pièce, où flottait le parfum capiteux des roses orange, vers le canapé immense.

9.

Avec une lenteur calculée, Kadir ôta la tunique de Caitlin. Puis il défit son soutien-gorge et fit glisser sa culotte le long de ses jambes. Elle se sentit soudain très gauche. Comment pouvait-elle rivaliser avec les maîtresses sophistiquées qui partageaient son lit habituellement ?

Bientôt pourtant, ses doutes s'envolèrent. Les prunelles de son compagnon brillaient d'une telle flamme… Quant au râle qu'il émit en parcourant son corps du regard, il était la preuve du désir qu'elle lui inspirait.

Il enfouit son visage dans sa chevelure, puis il caressa ses seins. Au contact de ses doigts, les pointes se durcirent.

— Je voulais te voir nue depuis si longtemps, murmura-t-il.

Cet aveu décomplexé la troubla au plus haut point, mais elle était déterminée à faire preuve du même détachement que lui. Elle ne devait à aucun prix laisser son imagination s'emballer et confondre l'attirance incroyable qui existait entre eux avec… autre chose.

— Moi aussi, je meurs d'envie de te voir nu, admit-elle.

— Dans ce cas, qu'est-ce que tu attends pour me déshabiller ?

Elle n'avait jamais déshabillé un homme, mais la passion la galvanisait. Il fallait bien une première fois à tout ! D'une main tremblante, elle attrapa l'ourlet de la *dishdasha*. Son excitation fut à son comble quand elle découvrit, en passant l'étoffe blanche par-dessus la tête de Kadir, qu'il était nu sous son vêtement.

Oubliant toute timidité, Caitlin le contempla avidement. Elle se délecta de ses larges épaules, de son torse athlétique, du teint cuivré de sa peau. Puis elle laissa son regard descendre vers ses hanches étroites, ses longues jambes, irrésistiblement attirée par son membre viril fièrement dressé entre ses cuisses musclées.

— Ce que tu vois te plaît, Caitlin ? chuchota-t-il.

Elle leva les yeux vers lui. Attendait-il une réponse à sa question, ou était-ce un jeu ? Les amants qui se retrouvent après des années de séparation badinent-ils ainsi ? Ne voulant pas trahir son inexpérience, elle prit un air blasé.

— Pas mal, répondit-elle en laissant négligemment retomber la *dishdasha* par terre.

— Pas mal ? C'est tout ?

Son regard était chargé de défi, et soudain Caitlin se demanda pourquoi diable elle *essayait* de flirter avec un homme qui était mille fois plus expérimenté qu'elle. Pourquoi ne pas simplement dire ce qu'elle pensait vraiment ?

— Tu… tu as un corps magnifique, avoua-t-elle.

Ce n'était quand même pas son compliment prononcé d'une voix balbutiante qui provoqua la tension de son corps viril ? Caitlin n'eut cependant pas le temps de s'appesantir sur cette question, car Kadir avait repris possession de sa bouche pour un baiser brûlant. S'abandonnant aux sensations délicieuses qu'il éveillait en elle, elle répondit avec la même passion. N'avait-elle pas rêvé de cet instant, nuit après nuit, durant ses longues années solitaires ?

Sans interrompre leur baiser, il l'entraîna avec lui sur le divan. Une fois qu'elle fut étendue sur le velours moelleux, il commença à la caresser. Caitlin ferma les yeux pour mieux savourer les sensations qui l'assaillirent lorsqu'il immisça une main entre ses cuisses, qu'il taquina langoureusement de sa langue experte la pointe de ses seins.

Cinq ans auparavant, tout avait été tellement nouveau pour elle. Submergée par l'émotion et bouleversée à l'idée d'avoir trouvé l'homme de ses rêves, elle n'avait pas eu le temps d'apprécier pleinement ce qui lui arrivait. Mais cette fois-ci, ce serait différent. Elle n'était pas en reste et elle eut la satisfaction d'arracher un râle de plaisir à Kadir en caressant à son tour les hanches de son compagnon, puis ses fesses rebondies et satinées. Elle sentit sa verge dressée contre son ventre et soudain elle n'y tint plus.

— Kadir…, chuchota-t-elle d'un ton suppliant.

Il s'écarta un instant, le temps d'ouvrir un tiroir de la table basse et d'en sortir un petit paquet métallisé. Pendant qu'elle le regardait enfiler le préservatif avec une lenteur provocante, elle ne put s'empêcher de se demander s'il gardait des préservatifs en réserve *à tout hasard*, ou s'il avait prémédité de la séduire. Cette pensée la troubla, ce que ne manqua pas de remarquer Kadir.

— Tu rougis ? demanda-t-il, visiblement surpris.

— Pas du tout ! La climatisation doit être coupée. On meurt de chaud ici.

Contre toute attente, il éclata de rire. Puis il la reprit dans ses bras, et ils ne songèrent plus à discuter. Leurs baisers et leurs caresses se firent plus fiévreux. Au cours de son exploration, Caitlin fut surprise de sentir sous ses doigts la légère protubérance d'une cicatrice qui barrait le flanc de Kadir. Ce contact lui procura une douleur fulgurante, comme si elle venait elle-même de recevoir le coup qui avait causé cette marque au cheikh. Elle voulut demander où il avait reçu cette blessure, mais la question mourut sur ses lèvres quand il entreprit de caresser son clitoris.

Le plaisir commençait à l'envahir par vagues successives, de plus en plus intenses. Comme il se positionnait au-dessus d'elle, elle écarta les jambes pour l'accueillir. Et enfin, il la pénétra d'un mouvement souple. Imprimant un va-et-vient à ses hanches, il se mit à se mouvoir en elle, lui arrachant des gémissements de plaisir tandis qu'il l'emmenait, ivre de sensations, vers les sommets de l'extase. Elle eut vaguement conscience de la tension qui figea le corps de Kadir, puis du cri guttural qu'il poussa au moment où il la rejoignit.

Le souffle court et repus de plaisir, ils restèrent allongés, immobiles, pendant un long moment. Caitlin contemplait rêveusement l'une des lampes finement ouvragées qui pendait au plafond, et une émotion puissante s'éleva en elle. Des larmes picotèrent ses paupières. Que lui arrivait-il ? Faire l'amour n'était pas censé vous rendre triste ! Après l'orgasme, elle aurait dû être détendue et savourer le bien-être qui irradiait tout son corps. Pourquoi alors éprouvait-elle des regrets à la pensée de ce qu'elle ne pourrait jamais avoir ?

— Tu pleures ?

À sa grande consternation, elle comprit que, malgré ses efforts, une larme s'était échappée et coulait le long de sa joue. Elle l'essuya rageusement et se retourna pour cacher son visage à Kadir.

— Aucune importance, marmonna-t-elle.

— C'était si terrible que ça ? insista-t-il.

Elle ne put retenir un petit rire narquois.

— Oh ! allons ! Tu sais parfaitement que c'était génial.

— Dans ce cas, je suis perdu, dit-il en effleurant du doigt le sillon perlé de sueur entre ses seins. Comment tes amants réagissent-ils généralement quand tu pleures après l'amour ?

Elle envisagea un bref instant de lui mentir. Puis elle se ravisa. Elle ne voulait pas se comporter comme sa femme.

— Ils ne réagissent pas, dit-elle calmement. Tout

simplement parce que je n'ai pas eu d'autres amants que toi. J'étais vierge la nuit où j'ai couché avec toi. Tu ne l'avais pas remarqué ? En fait, je n'étais jamais sortie avec un homme avant toi, Kadir. Et je ne suis sortie avec personne après toi.

Le silence qui suivit fut total. Elle eut l'impression que le temps s'était arrêté.

— Moi non plus, rétorqua enfin Kadir sur un ton particulièrement grave.

Persuadée d'avoir mal compris, Caitlin se retourna pour le regarder, mais les yeux de son amant étaient clos ; ses cils sombres projetaient leur ombre sur sa peau cuivrée. Ses boucles noires se détachaient sur le velours vert du divan.

— Tu peux répéter ?

Il rouvrit les yeux, et elle se trouva captive de l'intensité de ses prunelles de jais.

— C'était ta première expérience sexuelle… Eh bien, pour moi aussi, dit-il d'un ton posé. Il n'y a eu personne avant toi et personne depuis.

Elle eut soudain l'impression d'être extraordinaire. L'élue parmi toutes les mortelles. Mais presque aussitôt, la voix de la raison lui ordonna de redescendre sur terre. Elle devait étouffer cet espoir fou, sans fondement. Le simple fait d'y penser était dangereux. Et puis, ça n'avait pas de sens. Rien de tout cela n'avait de sens.

— Je ne comprends pas, chuchota-t-elle. Comment est-ce possible ? Je veux dire… Tu es tellement…

— Tellement… ?

Elle rougit violemment, embarrassée par le cours que prenaient ses pensées. Mais enhardie par l'atmosphère de sensualité qui flottait encore autour d'eux, elle osa lui dire ce qu'elle pensait.

— Tu es un amant fantastique, murmura-t-elle. Je ne peux pas croire que tu aies pu être vierge.

Kadir contempla son joli visage rosi tout en se demandant pourquoi il le lui avait dit. En fait, il lui devait la vérité. Il avait toujours pleinement assumé le fait de ne pas se conformer à ce qu'on attendait d'un homme viril et séduisant. Et il n'avait pas envie de se faire passer pour ce qu'il n'était pas.

— Je voulais être le plus grand roi qui ait jamais régné… Pas pour satisfaire mon ego, précisa-t-il comme elle faisait la moue, mais pour le bien de mon peuple, qui avait enduré bien des souffrances au moment où j'ai accédé au trône. Mes aïeux avaient été de bons monarques, mais mon père… un peu moins. Sous son règne, le Xulhabi a été constamment attaqué et ses frontières remises en question. Et sur le plan économique, nous étions à la traîne.

— Pourquoi ? Est-ce qu'il… Est-ce qu'il n'avait pas la tête à ce qu'il faisait ? Pardonne-moi, mais je ne sais pas comment un royaume fonctionne.

— D'une certaine façon, c'est ce qui s'est passé, en effet. Mais la situation s'est détériorée quand il s'est marié.

— Tu n'es pas un peu sévère ?

— C'est la vérité. Tu te souviens que je t'ai dit qu'il avait épousé ma mère par amour ?

— Alors que, toi, tu ne crois pas à l'amour ?

— Oh ! si, je crois qu'il existe, dit-il d'un ton dur. Mais pas pour moi. C'est sans doute l'exemple de mes parents qui m'a définitivement vacciné.

— Parle-moi d'eux.

— Ma mère était la plus jeune de sept sœurs. Elle était très belle et incroyablement gâtée. Les conseillers de mon père l'avaient averti qu'elle n'était pas l'épouse qu'il lui fallait. Pourtant, il n'a rien voulu entendre. Comme tu le sais, je me suis promis de ne pas commettre la même erreur que lui. Et tu connais le résultat. Ce qui tend à prouver que la plupart des relations sont vouées à l'échec dès le départ.

— Que s'est-il passé ?

Il haussa les épaules d'un air fataliste.

— Il était fou d'elle et, d'une certaine façon, cela a diminué le respect qu'elle avait pour lui. Plus elle le faisait tourner en bourrique, plus il l'aimait. Il ne voulait pas se consacrer pleinement au rôle de roi, car cela l'aurait éloigné d'une épouse qu'il idolâtrait. Mais elle… Elle a commencé à prendre des amants, ce qui lui a brisé le cœur. Ses ministres les plus loyaux ont essayé de le protéger, tandis que les moins scrupuleux ont profité de sa faiblesse. Et il s'est désintégré.

— Et toi ? Cela a dû te toucher aussi ?

Kadir avait déjà contrevenu à tous ses principes en abordant des sujets aussi personnels, il n'allait pas en plus lui avouer sa détresse d'enfant qui l'avait encore davantage isolé de ses petits camarades.

— J'ai essayé de me préserver du chaos autant que possible. Mon père est mort quand j'avais dix-neuf ans, et ma mère peu après. Lorsque je suis monté sur le trône, la situation du pays était catastrophique.

À son expression, il devina qu'elle brûlait de lui poser une question.

— Tu veux savoir ce que tout cela a à voir avec le célibat ? demanda-t-il.

— Eh bien… oui.

— L'histoire regorge d'exemples d'hommes remarquables à qui l'abstinence sexuelle conférait la puissance. Et les athlètes de haut niveau ne se privent-ils pas de sexe avant une grande compétition pour exceller sur le terrain ?

— C'est possible, dit-elle d'un ton peu convaincu.

— Bien sûr, j'avais l'intention de me marier un jour. Je voulais offrir à mon épouse, non seulement mon corps intact et ma fidélité, mais aussi un plaisir intense. J'ai donc étudié les plus grands textes érotiques. La littérature classique fournit des guides très exhaustifs sur le sujet.

Pendant de longues minutes, elle sembla absorber ces paroles.

— Et ta femme ? Elle ne voulait pas consommer le mariage ? demanda-t-elle finalement.

— Nous ne sommes jamais allés aussi loin. J'ai découvert qu'il n'y a qu'une chose qui procure du plaisir à un toxicomane, c'est sa drogue de prédilection. Adiya ne s'est jamais intéressée au sexe, pas pendant la brève durée de notre mariage.

— Mais je ne comprends pas... Je suis sûre que toutes les femmes rêvent de coucher avec toi. Alors, pourquoi moi ?

Voilà une question qu'on pouvait qualifier de légitime. Lui-même se l'était d'ailleurs souvent posée. L'effet que Caitlin Fraser avait eu sur lui pouvait-il s'expliquer par la frustration ? Le désir longtemps contenu ? Ou s'était-elle simplement trouvée au bon endroit au bon moment ? Un mélange de tout cela, sans doute. Quelle autre explication pouvait-il y avoir ?

— Peu de temps avant de te rencontrer, un des médecins qui s'occupaient d'Adiya m'avait expliqué qu'elle pouvait rester dans cet état végétatif pendant de longues années, et qu'il était peu probable qu'elle se réveille un jour...

Il s'interrompit avant d'ajouter :

— Et je l'avais accepté.

Il avait décidé de vivre la vie que le destin lui avait réservée. Il resterait un roi célibataire. Il avait renoncé à son vœu le plus cher d'avoir un jour des enfants et il s'était dévoué corps et âme à son pays. Puis, lors d'un voyage en Grande-Bretagne, il avait rencontré Caitlin Fraser sur une colline venteuse, avec son appareil-photo. Sa chevelure flamboyante l'avait irrésistiblement attiré.

La moue réprobatrice de ses lèvres pulpeuses qui invitaient au baiser quand elle s'était tournée vers lui pour lui reprocher d'avoir effarouché l'aigle avait achevé de le subjuguer. Jamais il n'avait été aussi violemment tenté. Elle avait raison, un nombre considérable de femmes s'étaient offertes à lui. Mais aucune n'avait eu un effet aussi bouleversant sur lui. Il leur avait facilement résisté. Il avait cependant été incapable de résister à Caitlin. Il avait eu un coup de foudre pour cette femme en jupe de tweed et pull Shetland. Il l'avait invitée à dîner. Bien sûr, il ignorait qu'elle était vierge. Il n'avait aucun élément de comparaison pour sa nuit avec elle. Et la réciproque était vraie. *Elle aussi avait été vierge*. Le sentiment d'exultation qui l'envahit à cette pensée le prit au dépourvu.

— Et pourquoi *moi* ? demanda-t-il en lui retournant sa question. Je ne peux pas croire qu'aucun homme avant moi n'ait voulu coucher avec toi.

Ce fut au tour de Caitlin d'hésiter. Cette conversation touchant à l'intime la mettait un peu mal à l'aise. Pourtant, elle voulait se montrer aussi honnête que Kadir.

— J'avais une peur viscérale des hommes. Ma mère me répétait sans cesse qu'aucun n'était digne de confiance, et j'ai fini par le croire. Oh ! je suis bien sortie avec quelques garçons, mais aucun ne m'a fait tourner la tête.

— Qu'est-ce qui était différent avec moi ?

Il était irrésistible, voilà la différence ! Avec sa haute stature et ses yeux noirs, il ressemblait à un héros de roman. Mais ce qu'elle avait ressenti pour Kadir allait au-delà de la simple fascination pour un homme sublime. Quand elle lui avait parlé, elle avait eu l'impression de le connaître depuis toujours. Et lorsqu'il l'avait embrassée, elle avait cru pouvoir lui confier en toute confiance non seulement son corps mais aussi son cœur et son âme. Le réveil avait été brutal. Peut-être que sa mère avait eu raison, après tout.

Au souvenir de l'horrible déception qu'elle avait vécue, elle eut envie de le faire souffrir lui aussi. Prétendre qu'elle avait couché avec lui parce qu'il était de toute évidence très riche et que ça l'avait excitée. Mais c'était faux, et puis il était le père de son enfant : ils devaient trouver une issue favorable à la situation impossible dans laquelle ils se trouvaient.

Elle tendit le bras et effleura la cicatrice qui atténuait imperceptiblement la perfection de son corps viril.

— C'est nouveau, fit-elle remarquer.

Il acquiesça et caressa à son tour les fines lignes à peine visibles que la grossesse avait laissées sur son ventre.

— Ça aussi, c'est nouveau.

Ces marques du temps qui était passé et les avait tous les deux changés avaient quelque chose d'étonnamment poignant. Caitlin eut peur des émotions qui l'assaillaient.

— Comment est-ce arrivé ? demanda-t-elle pour rompre le silence.

— C'était lors de la bataille finale contre le Yusawid, et notre dernière offensive pour reconquérir notre frontière, commença-t-il d'une voix grave. J'étais sur le front et j'ai été grièvement blessé. Rasim est venu à mon secours et… il a sauvé son roi, mais ça lui a coûté la vie.

— C'est l'homme en photo sur ton bureau ?

— Oui. Rasim et moi avons grandi ensemble. Il était un véritable frère pour moi, bien que sa mère fût une simple employée du palais. Il était la seule personne sur qui je pouvais compter dans l'atmosphère empoisonnée où j'évoluais.

Il s'interrompit pour darder sur elle un regard intense.

— Comprends-tu maintenant pourquoi l'avenir du Xulhabi est primordial à mes yeux, Caitlin ? Si j'échoue à assurer ma lignée, alors je trahirai aussi cet homme qui a donné sa vie, non seulement pour moi, mais pour son pays.

Oui, elle pouvait le comprendre. Mais n'était-ce pas une lourde responsabilité à faire peser sur un enfant qui n'avait pas encore cinq ans ?

Bientôt, Kadir recommença à caresser ses seins, et les questions existentielles se dissipèrent, chassées par un tourbillon de promesses sensuelles. Le plaisir était-il le moyen que la nature avait inventé pour protéger les hommes de la dureté de l'existence ? Pour leur faire oublier la douleur et le chagrin ? Beaucoup de questions restaient en suspens, mais les réponses pourraient attendre. Pour le moment, Caitlin savourait les baisers de Kadir…

10.

Quel que soit l'endroit où elles se trouvent, toutes les piscines couvertes se ressemblent, songea Caitlin. Même celles d'un palais somptueux. Ici comme ailleurs, le même écho résonnait et la même lumière crue nimbait les lieux d'un halo presque surnaturel.

Cette atmosphère n'avait cependant pas l'air de déranger Cameron et Kadir. Partiellement cachée par un pilier recouvert de mosaïque, elle les observait tandis qu'ils jouaient dans l'eau turquoise.

Un père et son fils. Qui pouvait en douter ? Leur ressemblance était saisissante.

Tout le monde ne partageait toutefois pas son avis. L'enfant étant né hors mariage, la loi du Xulhabi exigeait un test ADN.

Caitlin avait encaissé la nouvelle comme un camouflet quand Kadir la lui avait annoncée, une semaine auparavant, alors qu'ils venaient de vivre une expérience sexuelle extraordinaire. Un échantillon de sang devrait être prélevé sur Cameron.

— C'est simplement un moyen de le mettre à l'abri d'éventuelles contestations. Personne ne doit pouvoir lui dénier le droit de régner, tu comprends ? Il s'agit d'une sorte d'assurance.

Avec le recul, Caitlin se demandait pourquoi elle avait si facilement accepté. Pour le bien de son fils ? Ou parce que Kadir et elle avaient atteint une sorte de statu quo qu'elle tenait à préserver à tout prix ? Tiraillée entre l'espoir que l'intimité qu'ils partageaient désormais pouvait se muer en une véritable relation, et la conscience qu'elle se berçait d'illusions, elle n'avait compris que plus tard ce qu'impliquaient réellement les paroles de Kadir. Il tenait pour acquis qu'un jour Cameron lui succéderait, alors qu'ils ne s'étaient toujours pas mis d'accord sur ce point.

— Papa ! Papa ! Regarde !

Le cri de Cameron l'arracha à ses réflexions, et elle le regarda plonger sous l'eau, puis traverser ainsi toute la largeur du bassin. S'il se baignait dans les lochs de Cromarty depuis son plus jeune âge, son fils n'était cependant pas capable d'une telle prouesse avant leur arrivée ici.

C'était au tour de Kadir maintenant de traverser le bassin, dans sa longueur cette fois. Cameron applaudit l'exploit en poussant des cris de joie. Existait-il un domaine où le roi du désert n'excellait pas ?

Oui.

Il n'était pas très doué pour donner à Caitlin l'impression qu'ils formaient un couple, alors qu'elle partageait son lit chaque nuit. Il était un amant merveilleux, mais tous deux n'étaient pas vraiment *ensemble*. Son lit et son corps : voilà tout ce que Kadir partageait avec elle. Les confidences qu'ils avaient échangées sur l'oreiller lorsqu'ils avaient repris leur relation ne s'étaient jamais renouvelées.

Faisaient-ils seulement *l'amour* ? Le terme n'était-il pas trop optimiste pour qualifier ce qui se passait entre eux dans la chambre de Caitlin ? Kadir s'y glissait à la nuit tombée et il repartait à l'aube.

Elle était son secret.

Peut-être même son secret coupable ? Chaque fois qu'elle l'interrogeait sur son statut exact, Kadir lui répondait invariablement qu'il ne faisait que protéger sa réputation, avant qu'ils prennent une décision quant à leur avenir.

Un avenir tellement incertain que Caitlin n'osait poser davantage de questions. Si elle n'imaginait pas rester au palais, elle ne songeait pas non plus à retourner à Cromarty. Du moins, pas dans l'immédiat.

Dans une tentative de créer un semblant de vie de famille, elle s'était jointe aux leçons d'équitation quotidiennes de Cameron. Au début, elle s'était contentée de suivre les progrès de son fils du bord du manège, mais un matin Kadir l'avait persuadée de monter sur une jument très douce. Elle s'était laissé tenter, même si cela faisait des années qu'elle n'était plus montée à cheval. Grâce aux encouragements de Kadir, elle avait retrouvé l'allégresse que procure l'équitation. C'était presque aussi exaltant que la satisfaction qu'elle lut dans le regard du cheikh et les exclamations admiratives de Cameron.

Parfois, en fin d'après-midi, quand la chaleur se faisait moins oppressante, Kadir les emmenait assister aux prouesses de Himyar, son faucon préféré. Cameron et elle regardaient l'oiseau tournoyer et piquer, avant de revenir se poser sur l'avant-bras du cheikh. Et Kadir tint sa promesse d'apprendre à Cameron à jouer aux échecs. Le petit garçon commençait à bien comprendre les règles et à apprécier ce jeu.

Pourtant, Caitlin avait parfois l'impression de vivre dans un univers parallèle. Aux yeux du monde extérieur, ils étaient des parents courtois qui coexistaient dans une relative harmonie. Bien sûr, personne n'osait poser des questions sur la nature exacte de la relation du cheikh avec la mère de son fils. Hormis le garde taciturne qui veillait devant ses appartements, tous ignoraient que Kadir se glissait chaque nuit dans sa chambre. Chaque nuit, pourtant, elle se consumait de plaisir dans les bras de son merveilleux amant. Un frisson délicieux la parcourait à la pensée que Kadir n'avait connu aucune autre femme avant elle. Les nouveaux plaisirs qu'ils découvraient n'appartenaient qu'à eux.

Sur le plan physique, leur entente était parfaite. Pourquoi Caitlin ne pouvait-elle s'empêcher de vouloir davantage ? Maintenant qu'elle connaissait les tragédies qui avaient marqué l'existence de Kadir, elle aurait voulu le réconforter, mais il n'avait pas besoin d'elle. La seule chose qu'il attendait de leur relation, c'était du plaisir.

Parfois elle se demandait s'il n'utilisait pas sa science érotique fraîchement acquise pour la plier à sa volonté. Pour endormir sa méfiance, et lui faire accepter ses plans – quels qu'ils soient – concernant Cameron.

Elle ne pourrait pas éviter le sujet éternellement. Plus elle attendrait, plus difficile serait la rupture. Kadir lui avait demandé de rester quelques semaines au début de leur séjour, et ce terme approchait. Il était grand temps qu'elle aussi prenne les choses en main.

Avant qu'il ne soit trop tard et qu'elle ne puisse plus s'échapper.

Forte de cette résolution, elle s'avança vers le bassin. Dès qu'il l'aperçut, Cameron plongea sous l'eau pour répéter son exploit devant sa mère.

— Tu as vu, maman ? fit-il en sortant la tête de l'eau. C'était bien ?

— C'était magnifique ! Tu nages comme une anguille !

— Tu trouves ?

— Oui !

Elle le tira hors de l'eau et l'enroula dans une serviette. Elle ne put résister à l'envie de le chatouiller sous les bras.

— Et tu es aussi glissant qu'elles !

Il riait aux éclats. Elle reconnaissait que, depuis qu'il était au Xulhabi, son fils rayonnait de bonheur. Comment

pourrait-elle le priver de tout cela ? Lui en voudrait-il ?
L'arrivée de Morag coupa court à son introspection. La nounou venait chercher Cameron pour l'emmener déjeuner, et bientôt Caitlin fut seule avec Kadir.

Les avant-bras posés sur le rebord du bassin, il la regardait. Elle l'avait vu nu plein de fois, mais c'était toujours dans l'intimité d'une chambre. Le voir ainsi en plein jour la troublait inexplicablement. Ses cheveux noirs mouillés étaient plaqués sur son crâne, et sa peau cuivrée, constellée de gouttelettes, luisait comme un bois précieux. Ses yeux sombres brillaient tels de l'onyx poli. À son grand dam, elle sentit tout son corps fondre de désir à ce spectacle.

— Dommage que tu ne puisses pas me rejoindre dans l'eau, dit-il d'une voix suave.

— Je sais que tu modernises la société du Xulhabi, mais je ne pense pas que tes sujets soient prêts à accepter les bains mixtes.

— C'est moi qui dicte les lois, Caitlin.

Son ton orgueilleux lui arracha un faible sourire.

— Mais il y a des domestiques partout. Ce ne serait pas approprié, *même si* nous étions le genre de couple à faire des folies dans la piscine, ce que nous ne sommes pas. Et puis, je suis venue pour te parler.

Comme Kadir se hissait hors de l'eau pour s'approcher de Caitlin, il la vit frémir. À sa grande satisfaction, elle n'arrivait jamais à maîtriser le trouble qu'il lui inspirait. Il suffirait d'une caresse pour qu'elle se love dans ses bras. Toutefois, l'expression de son délicieux visage suggérait que le sexe était la dernière chose qu'elle avait à l'esprit en cet instant.

— De quoi veux-tu me parler ? demanda-t-il, sur ses gardes.

Un serviteur accourut pour lui tendre un peignoir. Elle attendit qu'il soit parti et que Kadir ait noué sa ceinture pour répondre à sa question.

— Nous ne pouvons pas continuer ainsi, Kadir. Nous n'avons toujours pas fixé la date de notre départ ; ce n'est pas juste pour Morag.

— Morag a-t-elle exprimé le souhait de partir ?

— Eh bien… non. Mais elle est probablement trop polie pour se plaindre.

— Tu ne penses pas que c'est plutôt lié au fait qu'elle s'entende très bien avec Ghassan, mon responsable des écuries, auprès de qui elle passe beaucoup de temps dès que notre fils lui en laisse l'occasion ? À moins qu'elle se soit soudain prise de passion pour les chevaux… Ce dont je doute.

— Morag est une femme très active et elle trouve toujours à s'occuper. Ce n'est pas une raison pour la retenir ici indéfiniment. Et il se trouve que j'ai moi-même des engagements qui m'attendent en Écosse.

— Quel genre d'engagements ? demanda-t-il en haussant un sourcil inquisiteur.

— Au cas où tu l'aurais oublié, je suis une photographe professionnelle. Noël approche, et je dois rendre des photos à un éditeur de cartes de vœux.

— Et la terre va s'arrêter de tourner si ces cartes ne sortent pas ?

— Épargne-moi ce ton condescendant, Kadir al-Marara ! répliqua-t-elle avec véhémence. J'ai besoin de travailler. J'ai toujours travaillé. Tu es né avec une cuillère en argent dans la bouche, mais nous n'avons pas tous eu ce privilège.

Les souvenirs affluaient à l'esprit de Kadir. Lorsqu'il était enfant, alors que la plupart des petits garçons rêvaient d'être princes, lui aspirait à une vie ordinaire. Parfois, lors d'un déplacement dans le somptueux carrosse royal, il avait envié les gamins des rues qu'il voyait jouer dans la poussière. Mais il ne servait à rien de se demander ce qu'aurait été sa vie s'il était né dans une famille ordinaire.

— Personne ne choisit les circonstances de sa naissance, dit-il sèchement. Nous pouvons seulement essayer d'influer sur l'avenir.

— C'est vrai. Mais nous nous éloignons du sujet. Je veux rentrer chez moi, Kadir. Je ne peux pas continuer à vivre ainsi, dans une sorte de flou.

Kadir comprit alors qu'il refusait depuis des jours de regarder la réalité en face. Il savait depuis le début que leur liaison secrète ne pourrait pas continuer indéfiniment et que le problème ne ferait qu'empirer s'il enfouissait la tête dans le sable.

Le temps était venu de passer aux choses sérieuses et de prendre les mesures nécessaires. Tant pis s'il allait déroger à l'un des principes qu'il s'était fixés. Il s'était promis qu'il ne laisserait plus jamais personne s'immiscer dans son intimité. Or, avec Caitlin, il allait devoir faire très attention s'il voulait se tenir à cette résolution.

— Moi aussi, je dois te parler, dit-il. Mais ce que j'ai à te dire nécessite un certain formalisme…

Il leva la main, et aussitôt un assistant accourut.

— J'ai un marché à te proposer. Retrouvons-nous dans mon bureau dans une heure. Je pense que tu connais le chemin maintenant.

11.

— Accepterais-tu de m'épouser, Caitlin ?

La foudre n'aurait pas laissé Caitlin plus abasourdie.

— Tu as l'air surprise, ajouta Kadir d'un ton goguenard. Tu as pourtant dû, à un moment ou à un autre, envisager le mariage comme la meilleure option pour nous ?

Elle secoua la tête, sans quitter des yeux le sublime roi du désert qui venait de lui faire la moins romantique des demandes en mariage. Pas de clair de lune, ni de champagne. Il n'avait pas mis un genou à terre. Il lui avait simplement demandé de l'épouser, comme on proposerait une tasse de thé à un visiteur.

Cette proposition l'aurait comblée de joie cinq ans auparavant, mais la nonchalance avec laquelle il l'avait formulée la déstabilisait.

Elle ne pouvait cependant pas l'accuser d'hypocrisie. N'avait-il pas évoqué un « marché à lui proposer » ? Il ne lui faisait pas miroiter une relation qui n'existerait jamais.

Elle décida de calquer son attitude sur celle de son compagnon, et de considérer sa proposition de façon objective.

— Non, en toute honnêteté, l'idée ne m'a jamais traversé l'esprit.

— Et qu'en dis-tu ?

Désemparée, elle regarda autour d'elle. Une poignée de stylos en or brillait dans un pot serti de pierres précieuses.

Dans ce cadre au luxe inouï, elle se sentait déplacée. Étrangère et solitaire. Comme une actrice auditionnant pour un rôle qui ne lui conviendrait jamais.

— Je n'en sais rien, avoua-t-elle. Qu'arrivera-t-il si j'accepte ?

— C'est très simple. Tu deviendras ma reine. Traditionnellement, l'épouse du roi se consacre à des œuvres de charité. Bien sûr, tous les moyens nécessaires seraient mis à ta disposition pour te permettre de remplir au mieux ce rôle. Tu aurais ta propre équipe. Tu pourrais organiser ton travail comme tu l'entends, car je suis conscient que tu es une femme indépendante…

— Tu es sarcastique ? demanda-t-elle d'un ton soupçonneux.

— Pas du tout. Je fais des concessions, Caitlin, alors que rien ne m'y oblige. Je sais que tu as une carrière, et que tu as peut-être envie de la poursuivre, mais ce sera à une plus petite échelle.

— C'est-à-dire… ?

— Tu ne travailleras peut-être pas pour ton éditeur de carte de vœux. Ce ne serait pas approprié dans un pays qui ne fête pas Noël, mais rien ne t'empêchera de collaborer avec l'office du tourisme du Xulhabi. Nous voulons développer cette activité dans un avenir proche, et tu pourrais nous aider.

— Je vois que tu as pensé à tout !

— J'ai fait de mon mieux pour trouver une solution à notre… dilemme. Alors qu'en dis-tu ? Cela te conviendrait-il ?

La plus grande confusion régnait dans l'esprit de Caitlin. Était-ce typiquement masculin d'aborder les détails pratiques du mariage sans même effleurer les aspects émotionnels ? Ou cela tenait-il au caractère de Kadir ?

— Je ne sais pas. Tes arguments me semblent…

— Logiques ? termina-t-il à sa place.

Il avait pris un stylo dans le pot et le faisait distraitement tournoyer entre ses doigts.

— Et pragmatiques, ajouta-t-il. Ce sont deux qualités qu'il ne faut jamais sous-estimer. Réfléchis-y, Caitlin, puis pose-toi la question à l'envers : pourquoi ne nous marierions-nous pas ? Nous avons un fils, un garçon merveilleux qui sera roi un jour. Sa vie ne serait-elle pas plus simple si ses parents étaient mariés et vivaient ensemble ?

— Je suppose que oui, reconnut-elle.

— Cameron se plaît dans ce palais, c'est indéniable. Et il est avide d'apprendre. Sur les chevaux, les faucons, l'histoire du Xulhabi – ce qui est important pour son avenir. Je peux lui offrir les meilleurs professeurs…

Elle l'interrompit avec le désespoir d'une noyée qui se raccroche au radeau de son ancienne vie.

— Mais… je l'ai inscrit pour la rentrée prochaine dans une école sur le continent.

— C'est hors de question, rétorqua-t-il d'une voix calme. Tu dois l'avoir compris maintenant : non seulement notre mariage affermira la légitimité de Cameron en tant que mon successeur, mais il réglera la question épineuse de sa sécurité.

Caitlin tressaillit car ce dernier point touchait une corde sensible. À plusieurs reprises, elle s'était interrogée sur ce qui arriverait si elle insistait pour instaurer une garde alternée. Cameron commencerait-il à moins aimer sa vie d'écolier écossais quand il la comparerait à son existence de petit prince au Xulhabi ? Et qu'en serait-il de sa sécurité ? Kadir aurait beau prendre les mesures nécessaires, elle vivrait dans la peur que son précieux petit garçon soit kidnappé par les ennemis de son père.

— Je comprends parfaitement tes raisons. Tu veux m'épouser pour asseoir la légitimité de Cameron et pour le protéger. Mais qu'en est-il de *nous* dans toute cette histoire ?

— Nous ? répéta-t-il d'un ton qui laissait penser qu'elle venait de prononcer un mot inconnu pour lui.

— Comment allons-nous vivre en tant que mari et femme ?

— Je pense que nous vivrons en bonne entente et…

— Heureux ?

— En tout cas, sans rancœur, dit-il sans se formaliser de son ton sarcastique. Aucun de nous deux ne semble se plaindre de l'aspect physique de notre relation, et je ne vois pas pourquoi ça ne continuerait pas.

— C'est pour ça que tu as recommencé à coucher avec moi, Kadir ? Pour endormir ma méfiance, me plonger dans une sorte de dépendance physique… Sachant qu'un jour cela te serait utile ?

Durant le long silence qui suivit, elle soutint le regard du cheikh, hypnotisée par la flamme qui faisait étinceler ses prunelles noires.

— J'ai couché avec toi parce que tu m'obsédais, dit-il enfin. Et c'est toujours le cas. Tu es comme un feu dans mes veines que je n'arrive pas à éteindre. Peu importe combien de fois nous faisons l'amour, mon désir pour toi n'est jamais vraiment rassasié. Tu le ravives chaque fois plus fort.

Il posa le stylo sur la table d'un geste sec.

— C'est ce que tu voulais entendre, Caitlin ?

C'était l'aveu le plus passionné qu'il ait jamais prononcé, et Caitlin en ressentit une vive émotion.

— Mais il ne s'agit que de désir, poursuivit-il. Or, si c'est l'amour que tu attends…

Il marqua une pause.

— Si c'est ça, alors je ne peux rien pour toi, ajouta-t-il d'une voix douce. Je refuse de faire de fausses promesses, qui ne pourraient te causer que de la déception. Tu en es consciente ?

Aussi étonnant que cela paraisse, Caitlin le comprenait. Grâce aux fragments de son passé qu'il lui avait dévoilés, elle savait qu'il rejetait viscéralement l'amour. En fait, il considérait les sentiments comme l'origine de toutes les souffrances qu'il avait connues. Sans parler de la déception que lui avait causé son mariage avec Adiya.

En fin de compte, il avait été trahi autant par l'amour que par le devoir. Ce n'était pas étonnant qu'il se méfie de toute forme de relation.

Pourtant… Avec Cameron…

Kadir et son fils développaient une vraie complicité et des liens puissants. Tous deux s'étaient plu dès le premier regard, et c'était une joie de les voir ensemble. Kadir se rendait-il compte que les sentiments qu'il éprouvait pour son enfant n'étaient pas un signe de faiblesse ?

Se pouvait-il qu'il finisse par l'aimer, elle ?

Rien n'était moins sûr et, si elle acceptait ce mariage, elle ne devrait pas le faire en se berçant d'illusions.

Toutefois, l'espoir était tenace en elle. Bien que Kadir ait exclu de pouvoir tomber amoureux, Caitlin voulait croire le contraire. Elle pourrait lui donner l'exemple, gagner sa confiance… Montrer la voie à cet homme meurtri par la vie. Elle-même dépasserait les griefs qu'elle avait contre lui pour lui démontrer qu'on peut oublier le passé et aller de l'avant. Qu'une relation peut apporter bien plus que les délices vécues dans la chambre à coucher.

Soudain, sa décision fut prise. À quoi bon se livrer à une bataille d'ego stérile ? C'était la dernière chose dont tous deux avaient besoin.

— Oui, Kadir, j'accepte de t'épouser.

— Parfait.

Il l'étudia un long moment, comme pour lui donner le

temps de se rétracter, avant de se lever et de fermer les rideaux avec la télécommande.

— La tradition veut qu'on s'embrasse pour sceller des fiançailles, il me semble, dit-il en revenant vers elle.

Sa voix chaude lui fit l'effet d'une caresse, et elle frissonna. Quand il prit possession de ses lèvres, la douceur de son baiser la bouleversa. Ses mains masculines tremblaient tandis qu'il lui ôtait sa tunique. D'un mouvement fluide, il fit glisser sa culotte, et ils se laissèrent lentement tomber sur le somptueux tapis persan. Elle avait l'impression de vivre un rêve délicieux. Sous la lumière fragmentée des pampilles scintillantes du lustre de cristal, Kadir lui évoquait un bronze antique. Elle le regarda se déshabiller, puis enfin il s'allongea sur elle.

Alors, il la pénétra, son regard rivé au sien. Déjà, elle soupirait de plaisir tandis qu'il amorçait un va-et-vient en elle. Il était si grand, si puissant, et les sensations qu'il lui procurait étaient si incroyables que des larmes de bonheur affluèrent à ses paupières.

Bientôt, l'exquise langueur qui lui donnait l'impression de flotter sur un océan de sensualité culmina en une explosion de sensations inouïes. Kadir étouffa ses cris de plaisir sous un baiser. Elle se cambra, et l'orgasme déferla en elle avec la puissance d'une lame de fond. Presque simultanément, Kadir jouit à son tour. Les paroles fiévreuses et incohérentes qu'il lui murmurait alors que le plaisir le submergeait résonnaient aux oreilles de Caitlin comme la plus douce des musiques.

Les yeux fermés, elle savourait les derniers soubresauts de l'extase quand une pensée la ramena brutalement à la réalité.

— Kadir, ne t'endors pas, dit-elle en le secouant par l'épaule.

— Qu'y a-t-il ? demanda-t-il en ouvrant les yeux.

— Tu as oublié de mettre un préservatif.

Il fronça les sourcils. Visiblement, il ne s'en était pas rendu compte.

— Effectivement. Je n'ai pas eu le temps, et puis je n'avais plus toute ma tête. Toi non plus, apparemment.

Elle s'assit et passa nerveusement la main dans ses cheveux en désordre.

— Tu prétends qu'il s'agit seulement d'un moment d'égarement dans le feu de l'action ?

Kadir ne répondit pas tout de suite. Caitlin estimait que le mensonge était une perte de temps, et la nature de leur relation leur permettait d'être honnêtes l'un envers l'autre. Ils ne prétendaient pas être amoureux. Ni l'un ni l'autre ne rêvait à l'impossible.

— Oui, mais peut-être pas uniquement, admit-il. Tu seras bientôt ma femme. Qu'est-ce que ça changerait si tu tombais enceinte maintenant ?

Elle s'écarta de lui avant de ramasser rageusement ses vêtements éparpillés autour d'eux.

— *Si je tombais enceinte maintenant* ? s'exclama-t-elle. Nous n'avons même pas discuté de la possibilité d'avoir un autre enfant !

— Mais le but premier du mariage reste la procréation, tu en conviendras. Tu veux donner des frères et sœurs à Cameron, n'est-ce pas ?

— Ce n'est pas le sujet.

— Pourquoi ?

Elle commença à se rhabiller.

— Tu réalises à quel point tes actes contredisent tes paroles ? Tu semblais admirer mon indépendance, mais tu n'en penses pas un mot ! Tu me dis que je pourrais t'aider à développer le tourisme au Xulhabi, et à la première occasion tu oublies de mettre un préservatif !

Elle s'interrompit pour reprendre son souffle.

— Je reconnais que, moi aussi, je me suis laissé emporter, et je suis autant à blâmer que toi, mais tu ne peux pas faire comme si c'était sans importance.

— Caitlin..., fit-il en se levant à son tour.

— Il n'y a pas de « Caitlin » qui tienne ! Soit tu reconnais que nous venons de commettre une grosse erreur, soit nous avons déjà un problème.

À son tour, il prit une profonde inspiration. Il aurait voulu clore le sujet, mais elle lui reprocherait encore sa condescendance, et elle aurait raison. Comme elle avait raison de réclamer cette mise au point.

— J'ai eu tort, admit-il. Ce n'était pas prémédité, et, comme je te l'ai dit, j'ai perdu la tête. À l'avenir, je ferai plus attention, et nous n'agrandirons notre famille qu'après l'avoir décidé d'un commun accord, si nous le décidons un jour. Tu es satisfaite ?

— Je pense que oui.

— Alors, si nous reportions notre attention sur quelque chose qui te rendra sûrement le sourire ?

— Qu'est-ce que c'est ? demanda-t-elle d'une voix encore boudeuse.

Il se dirigea vers son bureau où était posée une petite boîte en cuir qu'elle n'avait pas remarquée jusque-là. Il l'ouvrit, et elle découvrit, sur son coussinet de velours, un anneau surmonté d'un énorme diamant. La pierre scintillait de mille éclats aux reflets arc-en-ciel. C'était indubitablement l'objet le plus brillant dans une pièce qui en recelait déjà beaucoup.

— Essaie-la, dit-il en lui tendant l'écrin.

Caitlin prit la bague. Elle devait reconnaître qu'il avait fait un effort pour que sa demande en mariage ne ressemble pas à une froide négociation commerciale. Elle pouvait voir l'expression de satisfaction tranquille dans le regard dont il la couvait, comme si une femme ne pouvait pas manquer d'apprécier ce caillou énorme. Or, tout ce qu'elle ressentit, ce fut le poids considérable de la pierre froide. Le bijou était trop grand pour son doigt. Pour n'importe quel doigt, à vrai dire. Curieusement, son intuition lui souffla qu'il aurait fallu peu de chose pour que la bague lui plaise. Par exemple, si c'était Kadir qui l'avait glissée à son doigt…

— Elle est magnifique, dit-elle poliment.

— Elle fait trente-deux carats, murmura-t-il.

Pour Caitlin, cette information ne signifiait rien. La seule chose que lui évoquait le mot « carat » était… des *carottes*. Comme celles – coupées en de minuscules dés – qu'elle glissait en secret dans la sauce tomate pour faire manger plus de légumes à Cameron.

À ce souvenir, une vague de nostalgie lui étreignit le cœur. Ces jours simples étaient bel et bien derrière elle. Pour toujours.

12.

La couronne sur sa tête arborait la plus grosse émeraude du monde – comme le lui avait négligemment appris Kadir –, et des diamants scintillaient dans ses cheveux.

L'étoffe rebrodée d'or de sa robe de mariée était constellée de perles minuscules qui projetaient leur éclat laiteux sous les lustres de l'immense salle de bal. Le poids de ses atours précieux était tel que Caitlin avait du mal à bouger. Et à chaque mouvement, elle entendait un léger tintement qui lui donnait l'impression d'être la Fée Clochette. La tradition voulait que la mariée s'avance vers son futur époux à pas comptés, et c'était heureux, car elle n'aurait pas été capable d'aller plus vite.

Curieusement, en dépit de tout ce cérémonial un peu étouffant et des circonstances qui l'avaient conduite à cet instant, en ce lieu, elle ressentait une véritable euphorie à se diriger vers Kadir. L'avenir lui apparaissait très prometteur. Depuis que le mariage royal avait été annoncé dans le monde entier, Caitlin s'était accrochée à cette impression de joie et d'espoir comme à un talisman.

— Tu es très belle, mère.

La remarque de son fils interrompit le fil de ses réflexions, et elle lui sourit. Il était méconnaissable. Tout d'or vêtu, lui aussi, il avait tenu avec application et sérieux son rôle de garçon d'honneur de la mariée au cours de la cérémonie qui avait pourtant été interminable. Deux semaines plus tôt, il avait commencé à les appeler « mère » et « père » au lieu de « maman » et « papa », et Caitlin se demandait s'il avait appris cela durant ses leçons d'étiquette royale avec Kadir.

— Comme une reine ! ajouta le garçonnet en lui retournant son sourire.

— C'est parce que ta mère est une reine maintenant, intervint Kadir. Et toi, mon fils, un prince du désert.

— C'est vrai ? s'exclama le garçon, ravi.

— Oui. Et quand ta mère et moi serons revenus de notre lune de miel dans le désert, tu viendras faire du cheval avec moi, comme tout prince qui se respecte.

— Je pourrai monter mon nouveau cheval ?

Kadir lui sourit affectueusement.

— Oui. D'ailleurs, n'oublie pas que tu dois lui trouver un nom. En attendant, tu seras très gentil avec Morag pendant que nous serons partis. Promis ?

— Oh oui, père. Je serai très sage.

Sur ces entrefaites, Morag apparut. La nounou prit la main du petit garçon et, tandis que tous deux s'éloignaient, une violente émotion serra le cœur de Caitlin. Pour la première fois depuis la naissance de Cameron, elle allait passer plusieurs nuits loin de lui. Elle prit conscience que cette séparation serait la première d'une longue série, jusqu'à ce que son fils parvienne à l'âge adulte.

— Il va te manquer ? lui demanda Kadir.

— Oui.

— Tu es une bonne mère, Caitlin.

Il n'aurait pas pu lui faire plus beau compliment. En fait, il avait réussi à la toucher plus profondément que lorsqu'il lui disait que ses lèvres étaient douces et ses cheveux flamboyants. Submergée par l'émotion, elle se contenta de le remercier sobrement.

Caitlin était heureuse que la journée tire à sa fin. C'était l'aboutissement de deux semaines trépidantes. Il y avait eu tant de choses à faire dans ce nouveau pays qui était maintenant le sien. Les essayages de sa robe de cérémonie et la relecture du communiqué de presse qui allait être diffusé par le cabinet de Kadir aux médias internationaux. Elle avait été sollicitée pour approuver des menus et décider du choix des fleurs. Enfin, la cérémonie avait duré des heures, entrecoupée de festins, de chants et de danses, pour culminer par l'échange des vœux en arabe. Maintenant, elle portait à son annulaire teinté de henné une lourde alliance sertie d'émeraudes et de saphirs, aux couleurs du drapeau du Xulhabi.

En prévision de leur voyage de noces, elle avait même appris à monter à dos de chameau. Et la nuit précédente, alors qu'elle avait les nerfs à vif et qu'elle aurait apprécié la présence réconfortante de Kadir, la tradition les avait obligés à faire chambre à part pour leur dernière nuit de fiançailles.

Par une curieuse association d'idées, la pensée de chambres séparées lui évoqua le divorce. Le divorce ! C'était un mot et une idée qu'elle ne devait surtout pas employer. En effet, la dissolution de leur mariage n'était pas envisageable ; Kadir avait été formel sur ce point, lors d'une conversation qui avait eu lieu peu après qu'elle avait accepté de l'épouser.

« Je ne peux pas me permettre d'échouer cette fois-ci, Caitlin. Mon pays a besoin de stabilité et de continuité. »

« Nous n'échouerons pas, avait-elle répliqué avec conviction. Je suis consciente des enjeux. C'est trop important. Pour nous. Et pour notre fils. »

L'usage au Xulhabi voulait que le cheikh emmène son épouse passer la nuit de noces dans une oasis au milieu du désert. La caravane composée de chameaux qui les menait à leur destination rappelait les temps anciens, l'époque où ce moyen de transport était le seul disponible. Kadir et elle avaient chacun leur monture. Celle de Caitlin s'appelait Lutfi. Un garde du corps les précédait, et un autre les suivait. Une partie des domestiques était partie devant.

Le soleil commençait à se coucher lorsqu'un étonnant havre de verdure apparut au milieu des dunes. Ils arrivèrent dans une clairière où une immense tente bédouine avait été dressée. En prévision du crépuscule, des lampes avaient été allumées devant la tente. Un musicien invisible se mit à jouer une mélodie lancinante. L'atmosphère était tout simplement magique.

Des palmiers aux feuilles luisantes bordaient un point d'eau. Caitlin eut le souffle coupé, quand, aidée par Kadir, elle descendit de son chameau pour assister au plus beau coucher de soleil qu'elle ait jamais vu. Le feu du ciel éclaboussait le sable de ses flammes écarlates, tandis que des touches d'indigo et de safran zébraient le ciel.

— Oh ! s'exclama-t-elle. C'est magnifique !

C'est Caitlin qui était magnifique, songea Kadir. Elle irradiait. Quel était ce sentiment qui le transportait soudain ? Il aurait juré que c'était la *joie*. C'était si rare pour lui qu'il faillit ne pas le reconnaître. Déjà au cours de la cérémonie du mariage, il avait été surpris par l'allégresse qui l'avait accompagné tout du long. N'était-ce pas une réaction étrange de sa part, alors qu'il avait juré de ne plus jamais vouloir se marier ? À défaut de meilleure explication, il avait mis cette réaction sur le compte de la présence de Cameron à côté de sa mère. Il s'était convaincu que son contentement n'était dû qu'à la fierté paternelle, ajouté à l'impression d'avoir réussi à obtenir ce qu'il voulait, et – pourquoi le nier ? – à la perspective de la nuit de noces.

À présent, libérée du carcan de sa lourde robe de mariée

traditionnelle, avec le soleil couchant qui se reflétait dans sa chevelure cuivrée et sa tunique qui se gonflait sous le souffle d'une légère brise, Caitlin avait l'air de ne faire qu'un avec le paysage. Sauvage et insouciante. Cette vision toucha quelque chose au plus profond de son être, et son sang commença à bouillonner, diffusant une sensation de douceur dans ses veines. Il lança des ordres en xulhabien à tout le personnel présent, y compris les gardes du corps, et tous s'éloignèrent aussitôt de la tente.

— Que leur as-tu dit ? demanda Caitlin une fois qu'ils eurent tous disparu.

Comme il la soulevait dans ses bras et la serrait contre son torse, elle poussa une exclamation de surprise.

— Je leur ai dit de me laisser seul avec mon épouse et de ne pas s'approcher avant que je ne leur en donne l'ordre, dit-il d'une voix suave. Plus tard, nous admirerons les étoiles au firmament, elles sont plus brillantes ici que partout ailleurs. Mais avant cela, je vais sacrifier à une tradition purement britannique, en portant la mariée pour franchir le seuil de la chambre nuptiale.

Kadir était si impatient de lui faire l'amour qu'il fut soulagé qu'elle ne s'extasie pas devant l'aménagement luxueux de la tente, les couvertures de brocard ou de soie jetées sur les divans. Elle ne sembla pas même remarquer le paquet-cadeau posé sur une petite table près du plus large des divans. De toute évidence, elle ne songeait comme lui qu'à assouvir l'appétit sensuel qu'ils éprouvaient l'un pour l'autre. Déjà, elle rejetait la tête en arrière pour lui offrir sa bouche, tout en caressant sa nuque. Tous deux brûlaient du même désir, alors qu'ils n'avaient passé qu'une seule nuit dans des chambres séparées... Leurs vêtements tombèrent à leurs pieds, et ils furent nus dans la douce lumière diffusée par les lanternes ouvragées suspendues au-dessus d'eux.

Kadir laissa échapper un grognement de plaisir quand il posa les mains sur les globes parfaits de ses seins, émerveillé par le contraste entre ses doigts sombres et la peau claire de sa compagne.

— J'ai envie de toi, ma reine, murmura-t-il d'une voix rauque. As-tu seulement idée à quel point ?

— Kadir…, murmura-t-elle dans un souffle.

Il aimait l'entendre prononcer son nom de cette façon. Comme une prière. Ou une imploration. Mais il oublia toutes ces questions au moment où Caitlin se laissait glisser à genoux devant lui pour prendre son sexe durci entre ses mains afin de le caresser.

Sa bouche s'assécha. L'effet de surprise décupla son excitation, et le plaisir qui l'envahit était presque intolérable par son intensité. Il pensait avoir atteint un sommet, mais il se trompait.

Elle inclina la tête vers son sexe douloureux ; il frissonna.

— Caitlin !

Mais sa faible protestation mourut sur ses lèvres comme elle parcourait son membre gonflé de désir du bout de la langue, avant de le prendre dans la bouche. Il voulut fermer les yeux pour mieux savourer les sensations inouïes qui l'assaillaient, mais il résista à son impulsion.

Regarder Caitlin lui prodiguer cette caresse audacieuse était d'un érotisme irrésistible. Il voulait lui dire d'arrêter et, en même temps, la supplier de continuer. Enfin, il n'y tint plus et jouit, les doigts plongés dans les boucles cuivrées.

Pendant un long moment, la puissance de son orgasme le laissa désemparé, sans défense. Cette sensation perturbante se dissipa toutefois quand elle leva son visage vers lui, l'air malicieux.

Aussitôt, il reprit le contrôle de la situation. Il l'attira dans ses bras et l'entraîna vers le plus grand des divans.

— C'était… inattendu, fit-il remarquer une fois qu'ils furent allongés sur les draps dorés.

— Je voulais faire quelque chose de spécial pour toi.

Elle hésita un instant, alors qu'il avait soulevé sa chevelure de feu pour déposer un baiser sur sa nuque.

— Je voulais prendre l'initiative, pour une fois, poursuivit-elle. C'est vrai, j'ai été consultée et impliquée dans les préparatifs du mariage, mais par moments j'ai eu l'impression d'être un peu…

— Un peu… quoi ? demanda-t-il en interrompant son exploration sensuelle.

— Passive, je crois. Comme si je ne contrôlais rien de ce qui m'arrivait.

— Mais n'est-ce pas agréable, de temps à autre, d'être passive ? Comme en cet instant, par exemple ?

Sa voix mâle était étouffée à présent qu'il parcourait son ventre de baisers brûlants.

— Oh ! Kadir…, gémit-elle alors qu'il s'aventurait plus bas.

— Ça te plaît ?

— Non, je déteste. Ça ne se voit pas ?

Il envisagea de *la* goûter avec la langue à son tour, jusqu'à la faire crier de plaisir, mais il se ravisa. Il voulait être en elle, tout simplement. La simplicité de ce désir primitif avait quelque chose de troublant.

Cette fois, il n'avait pas oublié de se munir d'une réserve de préservatifs. Lorsqu'il la pénétra, elle jouit presque immédiatement, comme si l'incendie qui couvait en elle n'avait attendu qu'une étincelle pour s'embraser. Et il ne tarda pas à la rejoindre sur les cimes du plaisir.

Peu à peu, les battements erratiques de son cœur ralentirent. Il ouvrit les yeux et découvrit qu'elle le regardait. L'émotion qui le foudroya soudain l'effraya, et il voulut – non ! il éprouva la *nécessité* – d'affirmer son self-control et de chasser cette faiblesse qui s'insinuait en lui. Il ne se reconnaissait plus. Il devait à tout prix recouvrer ses esprits et redevenir l'homme que rien ne pouvait jamais atteindre.

— Je t'ai apporté un cadeau, dit-il en s'étirant. Regarde, il est sur la table à côté de toi.

Elle tourna la tête et sembla, pour la première fois, remarquer le paquet surmonté d'une profusion de rubans.

— Oh ! s'exclama-t-elle.

— Tu peux l'ouvrir.

Caitlin s'exécuta. Elle défit les rubans et découvrit dans la boîte un appareil-photo. L'appareil de ses rêves, celui qu'elle n'aurait jamais cru posséder un jour. Incrédule, elle contempla la merveille de technologie qu'elle tenait entre les mains. Mais le sentiment de gratitude qui la submergea n'avait rien à voir avec la somme exorbitante que Kadir avait dû dépenser. Elle n'avait jamais reçu un cadeau aussi *parfait* ! Un cadeau qui reflétait l'attention toute particulière qui avait présidé à son choix. Les larmes lui montèrent aux yeux.

— Il te plaît ?

Trop bouleversée pour parler, elle hocha la tête.

— Il y a une imprimante qui va avec, au palais.

Reposant l'appareil, elle caressa tendrement la mâchoire de Kadir.

— Merci.

— Si tu as besoin d'autres accessoires, demande à mes assistants, ils te les procureront, dit-il en la couvant d'un regard indéchiffrable. Je pense que c'est bien si tu as une occupation, en plus de tes activités charitables. Une occupation qui t'empêchera de t'ennuyer, ou de te sentir trop *passive*.

Ce n'était sans doute qu'une gentille taquinerie. Car qui

vous offrirait un cadeau magnifique pour, dans la foulée, vous adresser une critique voilée ? Mais soudain, elle comprit que Kadir se comportait en fait comme chaque fois après qu'ils avaient fait l'amour.

Il prenait ses distances.

13.

Kadir se demandait pourquoi, au lieu de la satisfaction qu'il aurait dû éprouver, une angoisse sourde grandissait en lui tandis que l'avion amorçait sa descente.

La lune de miel avait pourtant été un succès. Même lui, le plus grand cynique de l'univers, ne pouvait le nier. La journée, il s'était réjoui de faire découvrir à sa jeune épouse les secrets du désert qu'il connaissait si bien, et, la nuit, tous deux avaient laissé libre cours à la passion toujours insatiable entre eux. Caitlin était enchantée par l'appareil-photo qu'il lui avait offert en cadeau de mariage, et elle avait pris beaucoup de photos, visiblement fascinée par les austères paysages désertiques.

Mais maintenant la lune de miel était finie, et l'avion royal les ramenait à la capitale. D'un instant à l'autre, ils allaient se poser sur la piste du palais et ils reverraient leur fils après une semaine d'absence. Kadir n'aurait pas pu rêver d'une meilleure conclusion que ce mariage qu'il avait si soigneusement préparé. Et pourtant…

Avait-il commis une erreur en s'accordant cette semaine seul à seule avec son épouse ? Coupés du monde, ils avaient vécu une intimité incroyable. N'avait-il pas trop donné de lui-même à Caitlin, et par là pris le risque de nourrir des rêves qu'il n'avait pas le droit d'encourager ? N'avait-il pas baissé la garde trop souvent au cours de leur escapade dans le désert ?

C'était un problème qu'il ne pouvait pas ignorer plus longtemps, songea-t-il en poussant un soupir. Il n'avait pas voulu gâcher leur brève lune de miel et aborder ce sujet dans un lieu où il n'aurait pas pu échapper à sa nouvelle épouse.

Une épouse dont il suspectait qu'elle était tombée amoureuse de lui.

Un mélange d'appréhension et de fatalisme l'étreignit. Sa propre expérience avait attisé sa détermination de ne jamais tomber sous l'emprise capricieuse de l'amour. Mais il avait suscité suffisamment ce sentiment chez les femmes pour en reconnaître les signes. Ces regards pleins de tendresse qui s'attardent. Ces lèvres qu'on mordille avant d'esquisser un sourire timide…

Toutefois, n'ayant jamais été proche d'une femme comme il l'était de Caitlin, le sujet était toujours resté théorique. Les femmes l'avaient adoré de loin, et il n'avait jamais vraiment été confronté à ce problème auparavant. Jusqu'à présent, il lui suffisait de s'éloigner.

Or il ne pouvait pas s'éloigner de Caitlin et il n'en avait pas envie ! Elle était la mère de son fils, celui qui assurerait la lignée des Al-Marara. Et puis, l'épanouissement de Cameron lui tenait à cœur. Une vie de famille heureuse serait bénéfique au petit garçon.

La vue des tours surmontées des dômes dorés du palais le tira de ses considérations, et sa résolution s'affermit, tandis que le jet amorçait son dernier virage. Il aimait beaucoup Caitlin et appréciait sa compagnie, impossible de le nier. Mais entre eux, il ne pourrait jamais y avoir davantage. Il n'allait pas se mettre à lui décrocher la lune, ou lui réciter des poèmes. Elle allait devoir s'en accommoder. Il ne voulait pas que les sentiments qu'elle éprouvait pour lui finissent par devenir un problème. Ni qu'elle attende ou exige trop de lui. Pas question de parler de sentiments ou de se retrouver à gérer un cas de dépendance émotionnelle. Toutes ces mièvreries n'étaient pas pour lui !

— Tu es impatiente de rentrer ? demanda-t-il.

Le sourire éclatant qu'elle lui dédia lui confirma son intuition.

— Bien sûr ! Je me languis de revoir Cameron. Mais les nuits dans le désert, avec toi, vont me manquer. Et les journées aussi, d'ailleurs. J'espère…

Elle hésita, puis elle tendit la main pour presser affectueusement le bras de Kadir.

— J'espère que les choses ne seront pas complètement différentes, une fois que nous serons de retour au palais, acheva-t-elle.

— Nous ne pourrons plus être aussi souvent ensemble, répondit-il en ôtant le plus délicatement possible la main de sa compagne. Le métier de roi est très prenant, et je ne peux pas te promettre que je serai aussi souvent disponible pour toi.

— Oh…, se contenta-t-elle de murmurer.

Il lui lança un regard rapide.

— Tu comprends les exigences de ma fonction, n'est-ce pas, Caitlin ?

Caitlin se força à acquiescer, puisque c'était ce que ferait une épouse compréhensive, ce qu'elle était déterminée à être. Les vœux qu'elle avait prononcés pendant la cérémonie venaient du fond de son cœur. Plus que tout, elle voulait que ce mariage fonctionne, et la lune de miel l'avait confortée dans l'espoir que ce serait possible. Une lune de miel qui avait été…

À ce souvenir, elle se laissa retomber contre le dossier de son fauteuil.

À l'image de la première impression qu'elle avait eue

à son arrivée au soleil couchant, la semaine passée à l'oasis avait été magique. Elle avait découvert une facette de Kadir qu'elle avait rarement eu l'occasion de voir. Pendant ses journées sous un soleil brûlant et ses nuits glaciales, l'armure derrière laquelle il se protégeait et qui le rendait inaccessible avait disparu. Sous la lune immense et argentée, elle avait par moments retrouvé l'homme qui avait volé son cœur sur la lande écossaise.

Un jour, il l'avait emmenée faire une promenade à cheval sur l'un des chevaux Akhal-Teké qui les avaient accompagnés jusqu'à l'oasis. Ils avaient voyagé pratiquement seuls, les gardes du corps les suivant à une distance plus que respectable. Il lui avait fait découvrir les mystères de toute cette vie du désert qui vibrait sous le paysage en apparence hostile. Les traces en zigzag laissées par un serpent à sonnette ne l'avaient pas effrayée, et elle avait réussi à photographier une tortue du désert. Elle se souvenait de son émerveillement devant l'incroyable *baswa*, cet arbre qui survit dans les conditions les plus extrêmes et dont les feuilles sont utilisées pour préparer un thé revigorant tandis que la sève sert à fabriquer un délicieux sirop.

Et les nuits… Les images érotiques affluèrent, et son cœur se mit à battre plus rapidement. Kadir était un amant fantastique. Certes, elle le savait déjà, mais curieusement le mariage semblait avoir renforcé le lien charnel qui existait entre eux. Du moins, c'est ce qu'elle avait ressenti. Parfois, quand ils faisaient l'amour, elle se retenait de pleurer de bonheur. Exactement comme dans les histoires romantiques et les chansons d'amour. Chacune de leurs étreintes était plus belle que la précédente, car ils avaient appris à se connaître de la plus intime façon qui soit.

Elle était tombée amoureuse de lui.

Était-ce un crime ? se demanda-t-elle en contemplant

pensivement l'énorme diamant qui scintillait à son doigt. Comment cela se pourrait-il, alors que Kadir était son premier et unique amant, et le père de son enfant ? Elle ne demandait pas qu'il l'aime en retour : il lui avait bien fait comprendre que c'était impossible. Mais elle était convaincue qu'elle pourrait se contenter de la situation, car elle ne s'était jamais sentie aussi heureuse de toute sa vie. Elle avait l'impression de flotter sur un petit nuage, elle se sentait de taille à conquérir le monde !

Elle tourna son regard vers le profil aquilin de son compagnon, et admira ses cils incroyablement noirs et fournis.

Mon mari. Mon valeureux et magnifique mari.

— Dînerons-nous en famille ce soir ? demanda-t-elle.

Imaginait-elle l'éclat dur dans son regard ? L'espace d'un instant, elle eut l'impression que l'incroyable complicité qui existait entre eux depuis une semaine s'était brutalement éteinte. Son cœur se mit à battre violemment sous le coup d'un sentiment qui ressemblait à… la peur.

— Je crains bien que non.

Son ton n'avait rien de chaleureux. Caitlin fut incapable de masquer sa déception.

— Oh ?

— Après une si longue absence, je dois voir mes conseillers. Bien entendu, j'irai saluer Cameron dès notre arrivée, et passer un peu de temps avec lui, mais ensuite tu voudras bien m'excuser.

Elle attendit qu'il l'embrasse pour se faire pardonner sa défection, pour la rassurer et lui montrer que rien n'avait changé, en vain. Aussi, pendant que l'avion se posait, Caitlin avait-elle de plus en plus de mal à ne pas céder à la panique.

Comment ne pas se laisser gagner par la déception,

alors qu'elle se demandait si leur merveilleuse lune de miel n'était rien de plus qu'un mirage dans le désert ?

Son pragmatisme finit cependant par reprendre le dessus. Elle avait eu tort de s'imaginer que l'épisode enchanteur du voyage de noces préfigurait ce que serait son existence dorénavant. Elle devait se préparer à une vie quotidienne moins romantique, maintenant qu'ils étaient revenus au palais.

Malgré ses résolutions, le retour à la réalité ne fut pas facile pour Caitlin. Avant le mariage, Kadir passait toutes les nuits avec elle, même s'il s'éclipsait au petit matin avant que le palais se réveille. Or, maintenant, il était absent une, voire deux nuits d'affilée. Il prétextait qu'il était accaparé par son travail, qu'il devait rattraper le temps perdu. Il pouvait sans problème dormir dans son immense bureau.

Elle essayait de se rassurer en songeant que les nuits qu'ils passaient ensemble étaient toujours aussi intenses. Leur entente sur le plan physique restait extraordinaire. Certes, parfois, elle avait l'impression que son époux faisait semblant de dormir pour éviter toute conversation sur l'oreiller après leurs étreintes passionnées, mais elle mettait ça sur le compte de son imagination. Pourquoi ferait-il semblant ?

L'attention que le cheikh portait à leur fils, en revanche, n'avait pas faibli et Caitlin y puisait un certain réconfort. Chaque matin, elle les rejoignait au manège et pouvait constater les progrès que Cameron faisait sur son nouveau poney, qu'il avait baptisé Bunni, « le marron ».

Avec son nouvel appareil, elle prit des centaines de photos de Cameron avec son père, mais bien d'autres images encore. Des clichés purement artistiques d'arches dorées, du jet de la fontaine derrière un rideau de fleurs, et des sommets enneigés des montagnes au loin.

Caitlin était particulièrement fière d'une photo de Kadir marchant vers l'objectif dans un des couloirs du palais, son port altier donnant l'impression qu'il était de force à porter le poids du monde sur ses épaules.

Mais la satisfaction que lui apportaient ces activités créatives était presque aussitôt balayée par l'angoisse qui la tenaillait. Chaque jour qui passait, il lui était de plus en plus difficile de ne pas se sentir une étrangère dans son nouveau foyer. Il lui semblait que Kadir la repoussait, et un matin ses pires craintes se confirmèrent.

Sachant que son mari était encore occupé par la visite de l'ambassadeur du Maraba, Caitlin s'était rendue dans le bureau du cheikh, une pièce à laquelle, en tant que reine, elle pouvait accéder librement. La lumière y était particulièrement belle, et elle voulait prendre une photo de la roseraie avant que le soleil soit trop haut dans le ciel.

Elle ne fouinait pas. Non, certainement pas. Elle était passée devant la table de travail de Kadir, c'est tout. N'importe qui, à sa place, en voyant son nom écrit sur une feuille de papier, à côté d'un portrait de Cameron dans son cadre en or, aurait fait comme elle.

Sans la toucher, elle parcourut rapidement la note manuscrite sur papier à en-tête d'un cabinet d'avocats londonien. Elle se souvint que Kadir lui avait dit que toutes les affaires légales se faisaient en anglais, pour des raisons pratiques, car peu de gens comprenaient le xulhabien. C'était une chance, car cela lui permettait à présent de comprendre la signification du texte sous ses yeux. Mais était-ce réellement une chance ? Incrédule, elle survola les formules de politesse alambiquées que l'auteur prenait pour s'adresser à « Sa Majesté », et elle découvrit rapidement que la lettre parlait d'elle. Ou plutôt de Cameron. Sa gorge se noua quand une phrase lui sauta aux yeux.

Le mariage, outre qu'il confère toute sa légitimité au jeune prince, rend également impossible pour la mère de quitter le Xulhabi sans votre consentement.

Soudain, tout devint clair. Le comportement de Kadir qui s'était adouci à son égard, et la façon subtile dont il l'avait séduite. Il s'était montré très intelligent, très habile. Il avait fait en sorte qu'elle s'imagine que quelque chose de merveilleux était à portée de sa main, avant de le lui retirer une fois son objectif atteint.

La sidération provoquée par sa découverte se dissipa, cédant la place à une colère sourde. Son premier réflexe fut de jeter son coûteux appareil-photo par terre et de le piétiner, mais elle se retint. Elle ne devait surtout pas céder à l'hystérie. Au contraire, elle devait garder tout son calme. Car ce qui lui était le plus cher au monde était en jeu et son avenir dépendait de sa capacité à garder la tête froide. Elle se laissa tomber dans le fauteuil devant la fenêtre et s'obligea à se concentrer.

Elle n'était pas folle.

Elle n'imaginait pas des choses. Elle était réellement exclue ! Elle avait servi les desseins du cheikh en l'épousant et, ce faisant, elle avait renoncé à son autorité sur son fils, sans même le savoir. Comment Kadir avait-il pu manigancer quelque chose d'aussi sournois, d'aussi cruel ? Était-ce pour cela qu'il la repoussait maintenant qu'elle avait rempli sa mission ? Pour qu'elle disparaisse peu à peu de la scène publique ? Envisageait-il de la reléguer dans ses appartements, et dans son lit, et qu'elle se transforme en une machine à faire des bébés ? Il ne lui avait pas caché qu'il était impatient d'agrandir leur famille.

Et ne se doutant de rien, elle était tombée amoureuse de lui. Irrémédiablement. Au fond, elle était la digne fille de sa mère. Comme elle, Caitlin était une idiote qui s'était bercée d'illusions. Elle n'avait pas commis l'erreur de tomber amoureuse d'un homme marié, mais ce n'était guère mieux. Elle avait espéré gagner l'amour d'un homme qui l'avait prévenue dès le départ qu'il ne croyait pas en ce sentiment. Que l'amour ne représentait rien pour lui. Aveuglée par des fantasmes romantiques, elle avait refusé de voir qu'elle n'était aux yeux de Kadir qu'un moyen d'atteindre son but. Elle lui était tellement reconnaissante de lui avoir procuré la sécurité d'un mariage et d'avoir légitimé leur fils qu'elle n'avait pas compris que sa place serait toujours dans l'ombre.

Tandis que les réflexions amères s'entrechoquaient dans son esprit, les battements sourds de son cœur accentuaient le sentiment de fatalité qui l'envahissait.

Un serviteur entra dans le bureau et lui proposa de lui apporter un rafraîchissement. Elle refusa d'un hochement de tête. Makim apparut ensuite dans l'entrebâillement de la porte et lui demanda si elle allait bien.

— J'attends mon…

Elle s'interrompit, incapable de dire « mon mari ».

— J'attends le cheikh, reprit-elle.

Sa réponse laissa l'assistant visiblement perplexe.

— Mais, Votre Majesté… Son Altesse a des réunions jusqu'au début de l'après-midi.

— J'attendrai alors.

L'assistant avait-il prévenu Kadir de l'attitude étrange de son épouse ? Toujours est-il que le cheikh arriva dans le bureau quelques minutes plus tard, sans prendre la peine de cacher son irritation.

— Je suppose que c'est important ? lança-t-il de but en blanc.

Pendant un instant, Caitlin fut désarçonnée par son arrogance. Puis elle se souvint qu'il était un maître de guerre. Ne dit-on pas que l'attaque est la meilleure des défenses ? Eh bien, elle allait essayer cette stratégie, elle aussi.

Elle se leva et traversa la pièce. Arrivée devant le bureau, elle prit la lettre de l'homme de loi et l'agita devant Kadir.

— J'ai lu ceci.

Kadir ne se démonta pas, et son expression resta implacable.

— Tu m'espionnes, Caitlin ?

— Ne t'avise pas de faire peser la faute sur moi ! répliqua-t-elle. Tu ferais mieux de m'expliquer *ceci*.

Jamais personne ne s'était adressé à lui avec une telle insolence. En même temps, Kadir était curieusement soulagé que cela arrive. Ils allaient pouvoir mettre les choses au clair et dissiper tout malentendu.

— Ce que tu as lu est la stricte vérité, Caitlin. Mais il n'y a vraiment pas lieu de te mettre dans tous tes états. Tu devais bien te douter qu'une telle clause existait. La plupart des pays ont des lois pour empêcher qu'un parent s'enfuie avec son enfant sans prévenir l'autre parent. Lorsque cet enfant est un prince, le sujet devient plus sensible encore.

— Tu penses que je pourrais faire ça ?

Leurs regards se rencontrèrent, et soudain l'atmosphère changea. Il éprouva un sentiment inconnu, oppressant, et il comprit – trop tard – qu'en mettant les choses sur la table il allait devoir dire la vérité.

— J'ignore ce que tu pourrais faire, Caitlin. J'ai toujours trouvé les femmes extrêmement imprévisibles.

Elle soutint son regard pendant un long moment avant de parler.

— Je pensais que je pourrais être heureuse ici. Il y a tout ce qu'on peut souhaiter et désirer. J'aimais la façon dont Cameron s'est adapté, et la façon dont tu interagissais avec lui. Et j'aime le Xulhabi. Le désert, le palais, la roseraie. La capitale est animée et vibrante, du moins le peu que j'en aie vu. J'étais impatiente d'explorer le pays dont j'étais la reine, et de m'occuper d'œuvres de charité.

— Dans ce cas, il n'y a pas de problème, dit-il de la voix dénuée d'émotion qu'il employait dans les réunions avec des diplomates.

Elle le fixait obstinément. Ses yeux bleus exprimaient une telle douleur qu'il dut lutter pour ne pas détourner le regard. Mais il devait la regarder en face. Par respect pour elle. Par respect pour Cameron aussi.

— Détrompe-toi, dit-elle. Il y a un problème, et je pense que tu sais lequel.

Bien sûr qu'il le savait. Mais n'était-ce pas à elle d'avouer, plutôt qu'à lui de l'accuser ? Les mots qui lui venaient à l'esprit – avouer, accuser – le troublaient, car c'étaient des termes utilisés au cours d'un procès. Ce n'étaient pas les mots qu'on emploie généralement dans une discussion portant sur le sujet qu'ils évitaient soigneusement l'un comme l'autre.

— Tu es amoureuse de moi ?

Caitlin soutint son regard sans ciller. Elle aurait voulu nier, mais elle en était incapable. Et puis… à quoi bon ajouter un mensonge aux autres, si nombreux déjà ? Cette situation lui brisait le cœur.

— Oui, je suis amoureuse de toi, même si c'est irrationnel. J'ai essayé de t'oublier dès le départ, en vain. Et quand tu nous as retrouvés, Cameron et moi, j'ai essayé de te haïr, parce que tu nous avais enlevés et conduits de force ici. Mais la vérité, c'est que j'étais contente. Pour la première fois de ma vie, je me suis sentie protégée, en sécurité. J'étais heureuse d'être de nouveau avec toi…

— Caitlin…

— Non ! Laisse-moi finir. C'est toi qui as posé la question, alors écoute au moins la réponse. Peut-être que je suis une de ces femmes qui sont programmées pour s'attacher seulement à des hommes cruels, comme ma mère. Sauf que parfois – lorsque tu oublies de te retrancher derrière toutes ces barrières que tu ériges autour de toi – tu n'es pas cruel du tout. Tu es drôle, intelligent et sensible. Et on oublie ton arrogance et ton autoritarisme. Je sais, j'aurais dû avoir le courage de te dire tout cela avant, mais je n'ai pas pu.

Elle laissa échapper un petit rire amer.

— Le jour où tu m'as demandé de t'épouser, j'ai éprouvé de l'espoir, je ne te le cache pas. Je croyais qu'en dépit de ce que tu m'avais dit tu pourrais changer. Ensuite, nous nous sommes beaucoup rapprochés durant notre lune de miel, et je pensais que nous pourrions continuer ainsi. Je pensais que tu accepterais peut-être de nous donner une chance. De voir si ce qui existe entre nous pourrait évoluer vers des sentiments plus profonds.

— Alors que je t'avais prévenue que cela n'arriverait jamais ?

— Oui, avoua-t-elle. Je sais, c'est délirant, mais on ne maîtrise pas toujours l'espoir, même en voulant l'étouffer de toutes ses forces. Quoi qu'il en soit, au lieu de te rapprocher, tu t'es éloigné, Kadir. Et je me suis posé des questions sur ce que j'attendais de cette relation. Je m'étais persuadée que je pourrais me contenter du minimum que la plupart des gens attendent du mariage. Mais je me suis aperçue que j'en étais incapable. Je ne peux pas faire semblant de ne pas t'aimer, et je ne veux pas que mon fils grandisse dans une ambiance où il aura peur de montrer ses sentiments, élevé par des parents froids et distants l'un envers l'autre. Si nous faisons cela, n'allons-nous pas reproduire la même relation dysfonctionnelle qui t'a rendu malheureux quand tu étais enfant ?

— Qu'essaies-tu de me dire, Caitlin ? demanda-t-il d'un ton tranchant. Quelle est la conclusion de cette analyse étonnante ?

S'il avait fait preuve d'un semblant de bienveillance à son égard, alors peut-être que Caitlin aurait fait des concessions. Elle aurait proposé qu'ils se laissent un mois ou deux pour voir comment la situation évoluerait. Mais la condamnation qu'elle lut dans les prunelles noires lui fut insupportable. Et s'il ne l'aimait pas maintenant, dans les premiers jours de leur mariage, ses sentiments allaient inévitablement s'affaiblir. Ils se transformeraient en indifférence, dans le meilleur des cas. En haine dans le pire.

— Je veux ramener Cameron avec moi en Écosse, dit-elle, ignorant l'exclamation étouffée de son compagnon. Je sais que ce ne sera pas facile et je suis preneuse de toute recommandation que tu pourras faire en matière de sécurité…

— Oh ! *vraiment* ?

— Il pourra venir ici régulièrement, et chaque fois que tu viendras au Royaume-Uni tu pourras lui rendre visite. Parce que je ne t'interdirai jamais de le voir.

Il plongea un regard glaçant dans le sien.

— Tu es pourtant consciente maintenant que tu ne peux pas faire sortir notre fils du Xulhabi sans mon autorisation.

— Oui. Mais j'espère que tu seras suffisamment généreux pour ne pas m'opposer cette clause. Je te promets que tu pourras voir Cameron aussi souvent que tu le voudras, mais je te demande de me laisser le ramener en Écosse. S'il te plaît. Ne me retiens pas prisonnière ici, dans cette cage dorée.

Un long silence s'installa. Un silence si fragile, et si pesant à la fois, qu'il tomba comme une chape de plomb sur Kadir. Les lèvres de Caitlin tremblaient, d'appréhension cette fois, pas de désir. Il savait qu'il pourrait insister pour qu'elle reste, d'autant que la loi était de son côté. En prenant le temps, il pourrait même l'embrasser jusqu'à ce qu'elle se plie à sa volonté. Toutefois, ce serait méprisable. Il avait été honnête avec elle, certes, mais cette honnêteté avait détruit quelque chose entre eux. La confiance.

Dans son regard il lisait la méfiance et la déception, et il eut l'impression qu'il venait de briser quelque chose de très beau. La douleur grandissait en lui, menaçant de l'anéantir d'un instant à l'autre.

— Prends-le, dit-il d'une voix lugubre. Ramène Cameron à Cromarty, mais fais vite. Et maintenant va-t'en, Caitlin. Laisse-moi. J'ai besoin d'être seul, le temps de me ressaisir avant ma prochaine réunion.

14.

La douleur était toujours aussi intense. Déchirante. Kadir n'avait jamais connu une souffrance pareille. Ni au cours des rudes combats qu'il avait menés pour son pays, ni quand son sang teintait de rouge le sable du désert, ni quand il avait assisté, impuissant, à la mort de son ami. Pas même durant son enfance, où il avait souffert du rejet de sa mère, ou lors de la découverte de l'addiction de sa première épouse. Non, cette douleur était totalement différente.

Seul dans la cour du palais, il suivait du regard le jet royal qui se détachait dans le ciel sans nuages. Il s'envolait vers une minuscule île au large de l'Écosse fouettée par les embruns.

Kadir luttait désespérément contre la confusion qui régnait dans son esprit et le sentiment d'avoir perdu le contrôle de sa vie. Il avait beau se répéter que sa réaction était normale, puisque moins d'une heure auparavant il avait dit au revoir à sa femme et à son fils, les larmes lui brûlaient les paupières. Lui qui n'avait jamais pleuré de sa vie ! Pas même le jour où Rasim était mort.

Jamais il n'avait vécu pareils adieux.

Cameron s'était accroché à lui comme s'il ne voulait jamais le lâcher. Mais les enfants sont résilients, et il avait suffi que Morag lui parle de son hamster qui l'attendait en Écosse pour que le petit retrouve le sourire.

« Je viendrai bientôt te voir, et tu me présenteras Hamish », avait dit Kadir.

« Quand, père ? »

Kadir avait regardé Caitlin tout en se demandant à quel moment ces magnifiques yeux bleus avaient pris cette nuance glaciale. Il avait dû lutter contre l'envie de la prendre dans ses bras, mais, l'air impassible, elle lui avait tourné le dos.

« Aussitôt que possible », avait-il répondu à son fils avec un enthousiasme factice.

Et maintenant, il était seul. Seul avec ses pensées et libre. N'était-ce pas ce qu'il avait toujours voulu ? Il ne voulait pas de l'amour de Caitlin. Cet amour qu'il était incapable de lui rendre. Parce qu'elle lui avait dit ne pas pouvoir vivre ainsi, il s'était résigné à la laisser partir.

Il avait pris la bonne décision. Pour tout le monde.

Une fois l'avion hors de sa vue, il retourna dans son bureau. Mais là, au lieu de se plonger dans les dossiers qui l'attendaient, il contempla le portrait de Cameron dans son cadre doré. La photo avait été prise le jour où le garçon était monté sur son nouveau poney. Il irradiait de fierté, et le regard qu'il avait lancé à son père était un mélange de camaraderie et… d'amour.

Et c'était l'image que Caitlin avait choisi de lui offrir.

« C'est *mon* cadeau de mariage pour *toi* », avait-elle annoncé timidement.

Il avait éprouvé un choc, il n'allait pas le nier. Et en même temps, il lui en avait voulu d'avoir provoqué cette émotion. Il avait grommelé un vague remerciement, puis s'était éloigné. N'était-ce pas mesquin de sa part ?

Assailli par une foule de questions, il se mit à arpenter son bureau. Comment allait-il supporter cette situation qu'il avait lui-même provoquée ? Il ne cessait de se répéter qu'il avait agi pour le mieux, pour le bien de Caitlin et de Cameron, mais il n'arrivait pas à s'en convaincre et la douleur refusait de se dissiper.

D'humeur de plus en plus morose, il s'assit à son bureau. Il ne releva même pas la tête quand il entendit la porte s'ouvrir derrière lui. Makim devinerait à son attitude qu'il ne voulait pas être dérangé et s'en irait tout aussi discrètement qu'il était entré.

— Kadir ?

Ce n'était pas la voix de Makim. C'était une voix féminine, familière, qui lui avait murmuré à l'oreille, ou crié son nom dans le feu de la passion. Décidément, l'imagination était un phénomène puissant. Voilà qu'il entendait des voix ! Mais il ne se laisserait pas hanter par le souvenir de Caitlin. Sinon, il allait sombrer dans la folie.

— Kadir ?

La voix avait monté d'un ton, et il se figea, avant de se retourner et de découvrir Caitlin, encore vêtue de la jupe de tweed et de la blouse beige qu'elle avait mises pour le voyage.

Inquiet, il se leva.

— Qu'est-il arrivé ? Rien de grave, j'espère ?

— Rien n'est arrivé.

Complètement désorienté, il étudia le visage féminin à la recherche d'indices.

— Mais alors… pourquoi es-tu ici ?

Pourquoi était-elle ici ? Caitlin s'était posé la question tout au long du trajet vers le palais et elle n'était pas certaine d'avoir trouvé la réponse. Sa seule certitude était qu'elle ne pouvait pas ramener un petit garçon en larmes en Écosse. Sa décision n'était peut-être pas la meilleure pour elle-même, mais c'était la meilleure pour son fils, et cela suffisait pour qu'elle s'y tienne.

— Je n'ai pas pu rentrer en Écosse. Tu manquais déjà tellement à Cameron. Il ne voulait pas partir.

L'expression de surprise et de soulagement qui éclaira le regard de Kadir fut si flagrante qu'elle eut l'impression de violer son intimité. Il lui dévoilait, sans le vouloir, une partie de lui-même qu'il n'aurait jamais voulu montrer. Caitlin eut alors la confirmation d'une intuition ancienne : Kadir pouvait éprouver des émotions.

— On attend d'une mère qu'elle fasse passer l'intérêt de son enfant avant tout, reprit-elle. Ce que n'a jamais fait ma mère, ni la tienne. Je pense qu'il est temps de rééquilibrer la balance. Je dois considérer les besoins de Cameron. Or il a besoin de vivre ici et de grandir près de toi.

— Mais j'ai vu votre avion décoller !

— J'ai envoyé Makim en Écosse pour qu'il ramène le hamster de Cameron ici. Avec l'air conditionné, je pense qu'il supportera le climat.

— Je ne comprends pas, dit-il en secouant la tête.

Elle allait devoir se montrer plus explicite.

— Tu m'as affirmé que tu étais incapable d'aimer. Au début, je n'ai pas voulu te croire, car cela ne me convenait pas, mais j'ai fini par l'admettre. Comment aurais-je pu faire autrement ? Tu as tout fait pour m'en convaincre. Tu m'évitais, tu gardais tes distances, tu repoussais toutes mes tentatives pour t'approcher. Après notre lune de miel, tu t'es complètement refermé sur toi-même.

— C'est vrai.

Son ton ne trahissait aucun regret, mais, surmontant sa déception, Caitlin poursuivit :

— Mais tu aimes ton fils, n'est-ce pas, Kadir ? Tu l'aimes tellement que c'est une joie de vous voir ensemble. Cela ne t'a pas empêché de le laisser partir. Tu étais prêt à sacrifier tes propres sentiments pour ce que tu pensais être le bien de Cameron, et le mien. Or le sacrifice est une forme d'amour. En fait, c'est probablement la forme la plus aboutie de l'amour, parce qu'il est totalement dénué d'ego ou d'intérêt personnel.

Elle ravala les larmes d'émotion qui menaçaient de la submerger, car elle ne voulait pas craquer devant lui. Elle aurait tout le temps de pleurer plus tard.

— Et c'est pourquoi je t'ai ramené Cameron.

— Et toi ? Que vas-tu faire ? demanda-t-il d'une voix sourde.

Elle haussa les épaules, faussement désinvolte.

— Je vais rester, parce que je n'ai pas le choix. Je ne peux pas priver Cameron de sa mère, pas plus que je ne peux le priver de son père. Je deviendrai la meilleure des reines. J'accepterai et j'apprécierai ce que j'ai, sans rêver de l'impossible. Je ne te demanderai pas de m'aimer, Kadir, et je sais que l'amour à sens unique ne marche jamais. Avec le temps, mes sentiments pour toi vont inévitablement s'atténuer. C'est un peu comme les fleurs dans un jardin, l'été. Si elles ne sont pas arrosées, elles finissent par se faner. Tout ce que je te demande, c'est de me traiter avec respect et de montrer à notre fils ce qu'une relation amicale peut être, pour qu'il ne rejette pas l'idée de l'amour et du mariage pour lui-même, quand il sera en âge d'y penser.

Le sourire qu'elle s'efforça d'afficher lui fit mal.

— Faisons de notre mieux pour ne pas fausser sa perception des relations humaines, d'accord ?

La tête baissée, Kadir encaissa ces paroles comme une accusation. La générosité dont Caitlin faisait preuve lui donnait l'impression d'être le plus méprisable des hommes. Il ne la méritait pas. Peut-être ne la mériterait-il jamais. Mais il devait lui montrer qu'il voulait essayer, si seulement elle acceptait de lui donner une dernière chance. Elle le devait, car c'était une bataille qu'il ne pouvait pas se permettre de perdre. À moins qu'il ne soit déjà trop tard…

Quand il releva la tête, il sut que c'était lui qui avait causé l'expression d'une infinie tristesse qu'elle essayait désespérément de cacher. Son mépris pour lui-même s'accentua. Il était vraiment une brute !

— Caitlin, je dois te dire quelque chose…

— Tu n'as pas besoin de…

— Je t'en prie. Je t'ai écoutée, alors maintenant écoute-moi.

Il prit une profonde inspiration pour se donner du courage.

— Ce que j'ai ressenti pour toi, il y a cinq ans, c'était comme un éclair qui m'a foudroyé en plein cœur. À cause de mon sentiment de culpabilité, j'ai voulu me convaincre que ce n'était rien de plus que l'explosion de désir d'un homme qui n'avait jamais couché avec une femme. Lorsque je suis revenu en Écosse pour te retrouver, j'étais toujours persuadé que ce que j'éprouvais n'était qu'un désir purement charnel, et la colère que j'ai ressentie en découvrant l'existence de Cameron m'a donné un prétexte pour te haïr. Mais je ne pouvais pas te haïr. Plus je te connaissais, plus j'appréciais ton humour, ta douceur, qui m'avaient si violemment attiré la première fois. J'ai découvert que tu étais une belle personne, en plus d'être une mère remarquable pour notre fils. Et j'ai pris peur.

Pour la première fois, l'expression de Caitlin se détendit un peu.

— Toi, tu as eu peur ? Je ne t'imagine pas avoir peur de quoi que ce soit.

— Tout le monde ressent la peur, Caitlin. Certains sont plus doués que d'autres pour le cacher, voilà tout. Enfant, je n'ai jamais montré à quiconque à quel point l'indifférence de ma mère me blessait. Sans doute que j'essayais de protéger mon père, qui devait déjà supporter ses infidélités. Plus tard, je n'ai pas davantage montré mon chagrin lorsque Rasim est mort, car cela me semblait un signe de faiblesse. Je devais reconstruire mon pays, et mon peuple attendait que je le guide.

— Alors tu as enfoui tous ces sentiments au plus profond de toi-même. Ce qui n'a fait qu'aggraver les choses, car ce que l'on enfouit finit par ressortir.

— Effectivement, admit-il avec un rire teinté d'amertume.

— Mais pourquoi me racontes-tu ça, Kadir ? Pourquoi maintenant ?

Avait-il espéré qu'elle devinerait ses raisons sans avoir à les exprimer à haute voix ? Oui, bien sûr. Cela aurait été plus facile pour lui. Mais pas pour elle. Or il lui devait la vérité.

— La souffrance de ne pas t'avoir dans ma vie est la pire de toutes, dit-il avec émotion. Elle éclipse tout, y compris la peur d'être rejeté et de souffrir de nouveau. J'ai découvert que te tenir à distance, physiquement et psychologiquement, ne me rendait pas heureux. Non, pour être heureux, il me faut être près de toi. Mais ce sont des sentiments que je combats depuis très longtemps. J'ai lutté contre eux quand je t'ai connue et j'ai continué à lutter quand je t'ai ramenée ici. J'ai combattu mes émotions durant notre lune de miel – la semaine la plus merveilleuse de ma vie. Et maintenant j'ai peur qu'il ne soit trop tard, que tu aies renoncé. Pourtant je t'aime, Caitlin. Je t'aime follement.

Machinalement, il posa la main sur son cœur avant de conclure :

— Crois-moi.

Il avait secrètement espéré une capitulation immédiate de Caitlin. Comme il aurait aimé qu'elle s'élance dans ses bras et lui pardonne. Mais elle resta immobile. Elle se contentait de l'observer avec ce regard toujours méfiant.

— Tu n'as pas besoin de dire ce genre de choses pour sceller notre accord, Kadir, dit-elle d'une voix sèche. Cameron vivra ici, quoi qu'il arrive.

— Je ne cherche pas à sceller un accord. Je cherche à réparer le mal que j'ai fait.

Avait-elle perçu la fêlure dans sa voix ? Toujours est-il qu'elle traversa soudain le bureau en courant, comme elle l'avait fait une autre fois, dans un avion, au-dessus des Alpes. Mais cette fois, elle ne brandissait pas un coupe-papier. Cette fois, elle se jeta dans ses bras et couvrit son visage de baisers fiévreux, entrecoupés de déclarations d'amour. Elle lui répétait qu'elle l'aimait, qu'elle l'avait aimé dès l'instant où elle avait posé les yeux sur lui pour la première fois, et qu'elle ne cesserait jamais de l'aimer.

Et pour la première fois de sa vie, Kadir connut la paix. Une véritable paix. Solide, riche et glorieuse. Car ce qu'il éprouvait pour Caitlin n'était pas seulement de l'amour. Il lui faisait confiance. Et en cet instant, cela lui sembla le plus beau cadeau qu'il ait jamais reçu.

Épilogue

— Magnifique !

— Superbes prises de vue !

— Quel talent ! Vraiment, je ne m'en doutais pas.

Caitlin sourit. Le xulhabien se mêlait à l'anglais dans ce concert de louanges, mais elle sentait bien que la réaction à son exposition de photos était globalement chaleureuse et enthousiaste. L'événement avait commencé un mois plus tôt, et la galerie ne désemplissait toujours pas.

— Si quelqu'un d'autre recevait pareils compliments, je m'inquiéterais pour son ego, murmura Kadir.

Au son de la voix grave de son mari, elle se tourna vers lui.

— Mais comme il s'agit de toi, ma chérie, je ne pense pas qu'il y ait un risque que tu aies la grosse tête, conclut-il, un sourire aux lèvres.

Heureuse de l'approbation de son mari, elle poussa un soupir de satisfaction et parcourut du regard la vaste galerie d'Azraq que Kadir avait proposée pour sa première exposition photographique. Au départ, elle avait craint que ce geste ne soit interprété comme du népotisme, puis un prestigieux galeriste londonien avait vu l'exposition et lui avait demandé si elle accepterait de présenter ses clichés chez lui, dans le quartier de Mayfair. Le ministre du Tourisme du Xulhabi envisageait même d'en faire une exposition itinérante pour montrer au reste du monde les différentes facettes du pays que les photos de la jeune reine reflétaient si bien.

Plusieurs grands tirages avaient été pris au cours de leur lune de miel, presque deux ans auparavant. Des levers de soleil spectaculaires, des ciels étoilés, une tortue du désert se prélassant dans le sable à l'ombre d'un *baswa*. Il y avait aussi des photos moins figuratives, prises dans le palais. Le premier portrait qu'elle avait fait de Kadir, s'avançant dans le couloir de marbre blanc, image d'un souverain dévoué à son pays et à son peuple, avait généré un grand intérêt. Mais les photos les plus récentes montrant le cheikh en compagnie de son fils, à cheval, tous deux rieurs et complices, donnaient une autre image du roi du désert. Une image plus *humaine*, comme l'avait souligné la presse internationale.

La photo dont Caitlin était la plus fière était celle de Cameron tenant son hamster, rebaptisé Hasina. En effet, quand pour la plus grande joie du garçon le rongeur était arrivé d'Écosse, il avait créé la surprise en donnant naissance peu après à une portée de sept petits.

Même Morag avait eu droit à son happy end, car elle avait épousé Ghassan, le responsable des écuries. Le couple s'était installé dans un appartement dans le palais, et la nounou écossaise pouvait continuer à s'occuper de Cameron, le petit garçon qui un jour deviendrait roi, mais qui pour l'instant s'épanouissait dans sa nouvelle vie.

Caitlin poussa un nouveau soupir en regardant Kadir. Son mari bien aimé était maintenant son meilleur ami et son plus fervent admirateur.

— C'est grâce à toi que j'ai pu monter mon exposition, chéri, murmura-t-elle.

— Et c'est grâce à toi que ma vie est pleine de lumière et d'amour maintenant. Ma tentatrice à la chevelure de feu… Je ne pourrai jamais assez te remercier, mais je vais essayer.

Ses yeux noirs scintillèrent, et sa voix prit une intonation séductrice lorsqu'il ajouta dans un murmure :

— Si nous rentrions au palais maintenant ? Je pourrais te démontrer ce que je veux dire exactement par là.

Caitlin frissonna d'excitation. Qui aurait pensé qu'une fille illégitime, originaire de Cromarty, finirait par considérer un palais comme sa maison ? Quoi qu'il en soit, si le monde changeait du jour au lendemain, et qu'elle devait retourner vivre sur son île, dans sa petite ferme – où ils revenaient de temps en temps –, avec Kadir et Cameron, ils seraient tout aussi heureux. Car les bijoux et les palais ne sont pas tout dans la vie, ni régner sur un vaste pays. Ce qui importe, c'est l'affection qu'on vous porte, et de ce point de vue elle était très bien lotie.

Bientôt, Kadir et elle rentreraient au palais. Ils se retireraient dans leurs appartements, dans leur chambre magnifique embaumant le bois de santal. Là, ils prendraient tout leur temps pour se déshabiller l'un l'autre. Elle explorerait ce magnifique corps masculin, se délectant de sentir ses muscles frémir sous la paume de sa main et elle se pâmerait sous la caresse enivrante de ses lèvres masculines. Elle se délecterait de son corps viril, et lui du sien, comme chaque fois qu'ils faisaient l'amour. Ce qui arrivait si souvent qu'elle avait arrêté de compter.

Plus tard, quand elle reposerait, repue et alanguie, dans les bras de son mari, elle lui annoncerait la nouvelle. Elle s'assurerait que les lumières restent allumées, car elle voulait voir le visage de Kadir lorsqu'elle lui annoncerait qu'il allait de nouveau être père. Elle voulait voir sa joie et la garder en mémoire pour toujours. Cette fois, il la verrait porter leur enfant et, cette fois, il la verrait le mettre au monde.

Un frisson de gratitude la parcourut tandis qu'elle répondait à la question de son merveilleux époux.

— Oui, mon amour, murmura-t-elle. Rentrons à la maison.

Amoureuse d'un roi, de Maisey Yates - N°4367

Parce qu'elle a grandi au royaume de Liri, Tinley a le sens du devoir. Pourtant, le jour où le roi Alexius de Prospero se met en tête de lui trouver un époux convenable, pour honorer une promesse faite à son père, elle est désespérée. Certes, si elle n'est pas mariée avant son vingt-troisième anniversaire, elle devra renoncer à son héritage. Mais comment pourrait-elle se résoudre à une union de convenance avec un inconnu quand, depuis toujours, elle brûle de désir pour Alexius ?

Danse avec un cheikh, de Clare Connelly- N°4368

Un vent de rébellion souffle en Johara. Pour quelques heures, elle veut tout oublier : son statut de princesse, ses responsabilités et le mariage auquel elle doit se soumettre pour assurer la paix dans la région… C'est à l'occasion d'un bal que sa vie bascule, entre les bras d'un sublime inconnu. Après la nuit torride qui les unit, Johara découvre en effet avec stupeur que son amant mystérieux n'est autre que le cheikh Amir d'Ishkana, qui voue une haine farouche à sa famille. Dès lors, Johara n'a d'autre choix que de conclure une alliance avec son ennemi et, pour cela, de le suivre dans son palais du désert…

Inoubliable promesse, de Kali Anthony - N°4369

Elle a rompu sa promesse, il ne le lui a jamais pardonné. Autrefois, Eve et Gage se sont follement aimés, malgré la haine qui opposait leurs familles respectives. Pourtant, la nuit où tous deux avaient convenu de fuir pour se marier en secret, Eve est restée. Pire, soumise à un odieux chantage de la part de son père, elle a dû rejeter l'homme de sa vie… Depuis, leurs sociétés se livrent une guerre impitoyable, nourrie par le ressentiment de Gage. Et s'il a demandé à la revoir, sept ans après leur séparation dramatique, c'est pour lui annoncer qu'il a gagné la bataille. Eve perdra tout, à moins qu'elle ne répare ce qu'elle a autrefois brisé… en l'épousant !

L'épouse de Leon Petrakis, de Dani Collins - N°4370

Une liaison passionnée, un mariage éclair – puis la rupture, inévitable. Cinq ans plus tôt, Leon Petrakis est sorti de la vie de Tanja aussi vite qu'il y était entré, lui brisant le cœur au passage. Si depuis lors son époux ne lui a donné aucune nouvelle, il débarque soudain sur l'île d'Istuval, à son grand soulagement, pour la tirer de la situation périlleuse dans laquelle elle se trouve. À présent qu'ils sont réunis, Tanja exige de Leon qu'il joue enfin auprès d'elle son rôle de mari, du moins officiellement. Car, si le côtoyer de nouveau est une perspective qui la bouleverse, c'est à ce prix seulement qu'elle pourra adopter le bébé qu'elle aime déjà plus que tout au monde…

Une dangereuse héritière, de Maya Blake - N°4371

Parce qu'il est le dernier des Fiorenti, Maceo a une responsabilité : faire prospérer l'empire familial bâti par ses aînés dans le secteur de la confiserie. Hélas, alors que Casa di Fiorenti aurait dû lui revenir exclusivement, il découvre qu'une part de la société appartient désormais à Faye Bishop, une parfaite inconnue. Quelle est cette héritière qui menace brusquement ce à quoi il a consacré toute sa vie ? Déterminé à le découvrir, Maceo la convoque dans sa villa de Capri. Or cette rencontre ne fait qu'attiser sa méfiance. Car sous les dehors innocents de la belle, il en est sûr, se cache une croqueuse de diamants...

Fiancée à un milliardaire écossais, de Louise Fuller - N°4372

Rompre ses fiançailles avec Farlan Wilder est la décision la plus difficile que Lady Antonia ait jamais prise. Si elle a dû suivre les injonctions de sa famille, sa rupture avec le bel Écossais a laissé un grand vide en elle. Aussi, quand elle revoit Farlan après sept années de regrets et de solitude, Antonia se sent revivre. Hélas, s'il est de retour à Lamington Hall, le manoir familial, ce n'est pas pour renouer avec elle mais pour lui rappeler sa trahison. Plus encore, Farlan est là pour assouvir sa vengeance...

Rencontre au palais, de Jessica Gilmore - N°4373

Emilia retient son souffle tandis qu'elle découvre le palais royal d'Armaria. Le bal d'été qu'elle est chargée d'organiser au château restera dans les annales, c'est certain ! Aussitôt, elle se met à l'ouvrage, résolue à se montrer à la hauteur de l'événement. Lorsqu'elle rencontre un bel inconnu dans les jardins secrets, elle croit vivre un conte de fées. Se pourrait-il qu'elle ait trouvé l'amour dans ce lieu enchanteur ? Rien n'est moins sûr, car celui qui a fait chavirer son cœur n'est autre que Laurent, le souverain d'Armaria. Un homme qui lui sera à jamais inaccessible...

Ce patron si secret, de Susan Meier - N°4374

SÉRIE : *LES MILLIARDAIRES DE MANHATTAN* - 3/3

La vie de Danny Manelli ne sera plus jamais la même. Il vient de découvrir qu'il est l'un des héritiers d'un milliardaire mais surtout, qu'il a un fils de deux ans ! Parce qu'il ne connaît rien aux enfants, Danny s'empresse de recruter une nourrice, en la personne de Marnie Olsen. Si la jeune femme se révèle parfaite auprès du petit garçon, elle est bientôt source d'inquiétude pour Danny. En effet, le désir qui le pousse vers elle est aussi intense que malvenu. Et puis, il a l'impression que Marnie lui dissimule un secret...

Liaison à Saint-Pétersbourg, d'Abby Green - N°4375

SÉRIE : *LA DYNASTIE MARCHETTI* - 2/3

Un inconnu d'une beauté à couper le souffle. Sans réfléchir, Zoe saisit son appareil pour le prendre en photo. Un bien mauvais réflexe, car l'Apollon se révèle être Maks Marchetti. Un homme d'affaires qui, poursuivi depuis toujours par les paparazzis, tient à tout prix à préserver sa vie privée. Malgré leur rencontre houleuse, Zoe et Maks sont immédiatement liés par un désir intense et entament une liaison dont ils savent qu'elle sera éphémère. Seulement, à mesure que Zoe passe du temps dans les bras de son amant, à Saint-Pétersbourg ou Venise, elle sent poindre en elle des sentiments interdits…

La tentation d'une innocente, de Jackie Ashenden - N°4376

SÉRIE : *LA COURONNE D'AXIOS* - 2/2

Avec humilité, Anna pénètre dans le palais royal d'Axios, une forteresse médiévale nichée au pied des montagnes. Et dire que c'est dans ce lieu grandiose et chargé d'histoire qu'elle vivra, avant d'entrer dans les ordres ! Pour une raison qu'elle ne s'explique pas, elle a en effet été recommandée par la mère supérieure auprès du roi lui-même pour être la préceptrice de la princesse sa fille. Est-elle seulement qualifiée pour le poste ? Les doutes d'Anna grandissent encore lorsqu'elle fait la rencontre du souverain. Car Adonis Nikolaides éveille aussitôt en elle un trouble inédit, intense… et interdit.

Une exquise vengeance, de Tara Pammi - N°4377

Le plan de Riya est simple : faire croire à Nathaniel Keys qu'elle s'apprête à vendre le manoir familial pour l'obliger à revenir au domaine et faire la paix avec son père. Elle ne supporte plus de voir le vieil homme, qui l'a élevée comme sa propre fille, souffrir de l'absence de son fils unique. Ce qu'elle n'avait pas prévu, c'est que l'adolescent d'autrefois se serait mué en homme impitoyable. Un homme qui, furieux d'avoir été piégé, a pris le contrôle de l'entreprise qu'elle a créée et menace aujourd'hui de licencier tous ses employés. Malgré elle, Riya doit se rendre à l'évidence : elle est à la merci de Nathaniel. Et, à en juger par la lueur prédatrice qui brille dans son beau regard azur, elle devine qu'il entend profiter pleinement de sa vengeance…

OFFRE DÉCOUVERTE !

Vous souhaitez découvrir nos collections ? Recevez **votre 1er colis gratuit*** **avec 1 cadeau surprise !** Une fois votre colis de bienvenue reçu, si vous souhaitez continuer à recevoir nos livres, cela se fera automatiquement. Vous recevrez alors vos livres inédits** en avant-première.

Vous n'avez aucune obligation d'achat et cette offre est sans engagement de durée !

*1 livre offert + 1 cadeau / 2 livres offerts pour la collection Azur + 1 cadeau.
Pour la collection Intrigues : 1er colis à 17,25€ avec 2 livres + 1 cadeau.
**Les livres Ispahan, Sagas, Gentlemen et Hors-Série sont des réédités.

☛ COCHEZ la collection choisie et renvoyez cette page au
Service Lectrices Harlequin – CS 20008 – 59718 Lille Cedex 9 – France

Collections	Références	Prix colis
❑ **AZUR**	Z1ZFA6	6 livres par mois 29,99€
❑ **BLANCHE**	B1ZFA3	3 livres par mois 24,45€
❑ **LES HISTORIQUES**	H1ZFA2	2 livres par mois 17,09€
❑ **ISPAHAN**	Y1ZFA3	3 livres tous les 2 mois 23,85€
❑ **PASSIONS**	R1ZFA3	3 livres par mois 25,89€
❑ **SAGAS**	N1ZFA3	3 livres tous les 2 mois 28,86€
❑ **BLACK ROSE**	I1ZFA3	3 livres par mois 26,19€
❑ **VICTORIA**	V1ZFA3	3 livres tous les 2 mois 26,19€
❑ **GENTLEMEN**	G1ZFA2	2 livres tous les 2 mois 17,35€
❑ **HARMONY**	O1DFA3	3 livres tous les mois 20,16€
❑ **ALIÉNOR**	A1ZFA2	2 livres tous les 2 mois 17,75€
❑ **HORS-SÉRIE**	C1ZFA2	2 livres tous les 2 mois 18,25€
❑ **INTRIGUES**	T1ZFA2	2 livres tous les 2 mois 17,25€

N° d'abonnée Harlequin (si vous en avez un) ____________

Mme ❑ Mlle ❑ Nom : ____________

Prénom : ____________ Adresse : ____________

____

Code Postal : ______ Ville : ____________

Pays : ____________ Tél. : ____________

E-mail : ____________

Date de naissance : ____________

Date limite : 31 décembre 2021. Vous recevrez votre colis environ 20 jours après réception de ce bon. Offre soumise à acceptation et réservée aux personnes majeures, résidant en France métropolitaine, dans la limite des stocks disponibles. Prix susceptibles de modification en cours d'année. Vous pouvez demander à accéder à vos données personnelles, à les rectifier ou à les effacer. Il vous suffit de nous écrire en nous indiquant vos nom, prénom et adresse à : Service Lectrices Harlequin CS 20008 59718 LILLE Cedex 9. Service Lectrices disponible du lundi au vendredi de 9h à 17h : 01 45 82 47 47.